Ingénu

天真汉

伏尔泰 —— 著　傅雷 —— 译

VOLTAIRE

上海译文出版社

伏尔泰，傅雷先生原译服尔德，为保证文集译名统一，现改为国内通用译名。

目　录

2

天真汉

第一章

小山圣母修院的院长兄妹
怎样的遇到一个休隆人

　　从前有个圣·邓斯顿，爱尔兰是他的本邦，圣徒是他的本行①，有一天搭着一座向法国海岸飘去的小山，从爱尔兰出发。他坐了这条渡船一径来到圣·马罗海湾；上了岸，给小山祝福了；小山向他深深鞠了一躬，又从原路回爱尔兰去了。

　　邓斯顿在当地创办一个小修院，命名为小山修院，大家知道，这名字一直传到如今。

　　一六八九年②七月十五日傍晚，小山圣母修院院长特·甘嘉篷神甫，陪着他妹妹特·甘嘉篷小姐，在海滨散步纳凉。上了年纪的院长是个挺和善的教士，当年颇得一般邻女欢心，如今又很受邻人爱戴。他的可敬特别因为地方上只有他一个教士，和同僚饱餐之后，无须别人扛抬上床。他还算通晓神学；圣·奥古斯丁的著作念得没劲了，便拿拉勃雷消遣：因此人人都说他好话③。

特·甘嘉篷小姐从来没嫁过人，虽则心里十分有意；年纪已经四十五，还是很娇嫩；她生性柔和，感情丰富，喜欢娱乐，同时也热心宗教。

院长望着海景对妹子说："唉！我们的好哥哥好嫂子，一六六九年上搭着飞燕号兵船到加拿大去从军，便是在这儿上船的。要是他没有阵亡，我们还能希望和他相会呢。"

特·甘嘉篷小姐道："你可相信，我们的嫂子果真

① 圣·邓斯顿为历史上实有的人物，生存于十世纪，为英国主教兼政治家；死后被奉为圣者。
② 该时法王路易十四为支援雅各二世夺回英国王位，方与英国宣战。
③ 圣·奥古斯丁（三五四～四三○）为基督旧教中最伟大的宗教家、神学家。拉勃雷为十六世纪法国大文豪，所作小说多批评时事，发掘人性，揭露教会黑暗，讽刺教士，不遗余力，又出以诙谐滑稽的文笔，为高卢式幽默之典型。

像人家说的，是被伊罗夸人吃掉的吗？的确，要不吃掉，她早回国了。为了这嫂子，我一辈子都要伤心；她多可爱啊；至于我们的哥哥，聪明绝顶，不死一定能发大财的。"

　　两人正为了旧事伤感，忽然看见一条小船，趁着潮水驶进朗斯湾；原来是些英国人来卖土产的。他们跳上岸来，对院长先生和他的令妹瞧都没瞧一眼；特·甘嘉篷小姐因为受人冷淡，好生气恼。

　　可是有一个长得很体面的年轻人，态度大不相同；他把身子一纵，从同伴头上直跳过来，正好站在小姐面前。他没有鞠躬的习惯，只向小姐点点头。他的脸和装束引起了教士兄妹的注意。他光着头，光着腿，脚踏芒鞋，头上盘着很长的发辫，身上穿着短袄，显得腰身细软，神气威武而善良。他一手提着一小瓶巴巴杜酒①，一手提着一只袋，里面装着一个杯子和一些香美的硬饼干。他法文讲得很通顺，请甘嘉篷

———————

①　巴巴杜酒是一种以柠檬皮与橘皮浸的酒。

小姐和她的哥哥喝巴巴杜酒，自己也陪着一起喝；让过一杯又是一杯，态度那么朴实那么自然，兄妹俩看了很中意。他们问他可有什么事需要帮忙，打听他是什么人，上哪儿去。年轻人回答说他没有什么目的，只是为了好奇，来看看法国的海岸，就要回去的。

院长先生听他的口音，认为他不是英国人，便问他是哪里人氏。年轻人答道："我是休隆人①。"

甘嘉篷小姐发现一个休隆人对她如此有礼，又惊奇又高兴，邀他吃晚饭；他不用三邀四请，立即答应；三人便同往小山修院。

矮胖的小姐，拼命睁着她的小眼睛打量年轻人，再三对院长说："这高大的小伙子兼有百合和蔷薇的色调。想不到一个休隆人皮肤这样好看！"院长道："妹妹，你说得不错。"她接二连三提了上百个问题，客人的回答都很中肯。

① 北美印第安族有一支名阿尔工金人，内有分支名休隆人，居于加拿大翁泰利俄省之半岛上，为棕色人种最文明的一族。十七世纪时，欧洲人以休隆人泛指加拿大的某种野蛮人。

一会儿，外面纷纷传说，修院里来了一个休隆人。乡里的上流人物便全部赶到修院来吃晚饭。特·圣·伊佛神甫带着他的妹妹同来，那是一个下布勒塔尼①姑娘，长得极美，很有教养。法官，税务官，和他们的太太也来了。陌生人坐在甘嘉篷小姐和圣·伊佛小姐之间。大家不胜赞叹的瞧着他，争先恐后和他攀谈，向他发问；休隆人不慌不忙，他好像采取了菩林布鲁克爵士②的见怪不怪的箴言。但后来也受不了众人的聒噪，便很和气的，但带着坚决的意味，说道："诸位，敝乡的人说话是一个挨着一个的；你们教我听不见你们的话，我怎么能回答呢？"听到讲理，人总是会想一想的。当下便寂静无声。法官先生是全省第一位盘问大家，无论在什么人家遇到生客，总死盯着问个不休；他把嘴张到半尺大，说道："先生，请问你叫什么名字？"休隆人回答："人家一向叫我天真汉，到了英国，大家还是这样称呼我，因为我老是很天真的

① 布勒塔尼为法国古行省名，下布勒塔尼为该省中地势较低的一部分。
② 菩林布鲁克子爵（一六七八～一七五一）为英国政治家。

想什么说什么，想做什么就做什么。"

"先生既然是休隆人，怎么会到英国的？"——"我是被人带去的。我跟英国人打架，竭力抵抗了一番，终于做了俘虏；他们喜欢勇敢的人，因为他们自己很勇敢，也和我们一样公平交易；他们问我愿意回家还是愿意上英国；我挑了第二个办法，因为我天性极喜欢游览。"

法官口气很严厉，问道："你怎么能这样的抛下父母？"陌生人道："我从来没见过爸爸，也没见过妈妈。"在座的人听了很感动，一齐说着："噢！没见过爸爸，也没见过妈妈！"甘嘉篷小姐对她哥哥说："那末咱们可以做他的爹妈啊！这位休隆先生真有意思！"天真汉向她道谢，客气之中带些高傲，表示他并不需要。

庄严的法官说道："天真汉先生，我觉得你法文讲得很好，不像一个休隆人讲的。"他说："我很小的时候，我们在休隆捉到一个法国人，我跟他做了好朋友，法文就是他教我的；我喜欢的东西学得很快。后来在普利穆斯，又遇到一些逃亡的法国人，不知为什么你们叫做迁葛奴党①；其中有一位帮我进修法文；等到我说话能达意了，就来游历贵国，因为我喜欢法国人，只要他们不多发问。"

虽然客人话中有因，圣·伊佛神甫依旧问他休隆话，英国话，法国话三种语言，最喜欢哪一种。天真汉回答："不消说得，当然是休隆话了。"甘嘉篷小姐嚷道："真的？我一向以为天下最好听的语言，除了下布勒塔尼话，就是法国话。"

于是大家抢着问天真汉，烟草在休隆话里是怎么说的，他回答说：塔耶；吃饭怎么讲的？他回答说：埃桑当。甘嘉篷小姐定要知道恋爱两字怎么说，他回答：脱罗王台②。天真汉振振有辞，说这些字和英法文中的同义字一样的妙。在座的人都觉得脱罗王台很好听。

---

① 法国从宗教改革时代起，即称新教徒为迁葛奴（Huguenots）。
② 以上各字确系休隆语。——原注

院长先生书房里藏着一本休隆语文法，是有名的传教师，芳济会修士萨迦·丹沃达送的。他离开饭桌去翻了一翻；从书房回来，欣喜与感动几乎使他气都喘不过来。他承认天真汉是个货真价实的休隆人。随后谈锋转到世界上语言的庞杂，他们一致同意，要不是当初出了巴别塔的事①，普天之下一定都讲法文的。

好问的法官原来还不大相信天真汉，此刻才十分佩服，说话也比前客气了些，但天真汉并没发觉。

圣·伊佛小姐渴想知道，休隆地方的人怎么样谈恋爱的。他答道："我们拿高尚的行为，去讨好一个像你这样的人物。"同桌的人听了，惊叹叫好。圣·伊佛小姐红了红脸，心里好不舒服。甘嘉篷小姐也红了红脸，可并不那么舒服；那句奉承话不是对自己说的，未免有点儿气恼。但她心肠太好了，对休隆人的感情并不因之冷淡。她一团和气的问，他在休隆有过多少

---

① 《圣经》载：洪水之后，挪亚方舟的遗民要造一座通天的塔；耶和华怒其狂妄，变乱造塔的人的口音，使他们彼此言语不通，无法合作。今欧洲人以此譬喻，作为天下方言不一的原因。"巴别"即变乱之意。事见《创世记》第十一章。

情人。天真汉答道："只有过一个，叫做阿巴加巴小姐，是我奶妈的好朋友。哎，她呀，灯芯草不比她身体更挺拔，鼬鼠不比她皮肤更白皙，绵羊不及她和顺，老鹰不及她英俊，麋鹿不及她轻灵。有一天她在我们附近，离开我们住处两百里的地方，追一头野兔。一个住在四百里外的，没教育的阿尔工金人，抢掉了她的野兔；我知道了，赶去把阿尔工金人一棍打翻，绑着拖到我情人脚下。阿巴加巴家里的人想吃掉他；我可从来不喜欢这一类的大菜，把他放了，跟他交了朋友。阿巴加巴被我的行为感动得不得了，在许多情人里头挑中了我。要不给熊吃掉的话，她至今还爱我呢。我杀了熊，拿它的皮披在身上，披了好些时候，可是没用，我始终很伤心。"

圣·伊佛小姐听着故事，听到天真汉只有过一个情人，而且阿巴加巴已经死了，不由得暗中欣喜，但说不出为什么。众人目不转睛的望着天真汉，因为他不让同乡吃掉一个阿尔工金人，把他着实称赞了一番。

　　无情的法官追问不休的脾气，好比一股怒潮，简直按捺不住：他问休隆先生信的什么教，是英国国教呢，是迦里甘教呢①，还是迁葛奴教？他回答："我信我的教，正像你们信你们的教。"甘嘉篷小姐叫道："唉！我断定那些糊涂的英国人根本没想到给他行洗礼。"圣·伊佛小姐道："啊，天哪！怎么休隆人不是迦特力教徒呢？难道耶稣会的神甫们没有把他们全部感化吗？"天真汉回答说，在他本乡，谁也休想感化谁；一个真正的休隆人从来不改变意见的，他们的语言中间没有朝三暮四这句话。听到这里，圣·伊佛小姐快活极了。

　　甘嘉篷小姐对院长道："那末咱们来给他行洗礼罢。亲爱的哥哥，这是你的光荣啊；我一定要做他的干妈②；带往圣洗缸的职司归圣·伊佛神甫：你瞧着

---

① 法国旧教徒中抵制教皇干涉法国王权的一派，叫做迦里甘派。
② 基督徒受洗，均有教父教母为之护法，但教父、教母、教子的称呼，对吾国读者毫无印象，故改译为干爸、干妈、干儿子。

罢，那个盛大的典礼一定会轰动全下布勒塔尼。那咱们脸上才光彩呢。"在场的人都附和女主人的意见，嚷着："咱们来给他行洗礼罢！"天真汉回答说，英国从来没人干涉别人的生活。他表示不欢迎他们的提议，休隆人的礼法至少和下布勒塔尼人的一样高明；最后他声明第二天就要动身回去的。众人把他的一瓶巴巴杜酒喝完，分头睡觉去了。

天真汉进了卧房，甘嘉篷小姐和她的朋友圣·伊佛小姐忍不住把眼睛凑在一个很大的锁眼上，要瞧瞧休隆人怎么睡觉的。她们看见他把床上的被褥铺在地板上，摆着世界上最好看的姿势躺下了。

第二章

叫做天真汉的休隆人认了本家

英国人和休隆人都把鸡鸣叫做白天的讯号；天真汉照例听到鸡鸣就跟着太阳一同醒来。他不像上流人，太阳已经走了一半路，还懒洋洋的躺在床上，既睡不着，也起不来，在那个阴阳交界地带浪费了多少宝贵的光阴，倒还慨叹人生太短促。

他已经走了八九里地，打了三十来件野味回来，看见圣母修院院长和他稳重的妹子，戴着睡帽在小园中散步。他把打来的鸟兽尽数送给他们，又从衬衣内摘下一条符咒般的小东西，平时老挂在脖子里的，要他们接受，表示答谢他们招待的盛意。他说："这是我独一无二的宝贝；据说只要把这小玩艺儿带在身上，就能百事如意；我送给你们，希望你们百事如意。"

院长和小姐看到天真汉这样天真，感动之下，笑了一笑。那礼物是两幅很拙劣的小型画像，用一根油腻的皮带拴在一起的。

甘嘉篷小姐问休隆地方可有画家。天真汉答道："没有的。从前加拿大的法国人和我们打仗，我奶公从死人身上拿到一些遗物，内中就有这件稀罕物儿，后来奶妈给了我；别的我都不知道。"

院长细细瞧着画像，忽然脸色变了，紧张起来，双手发抖。他叫道："啊，小山圣母在上！这不就是我那个当上尉的哥哥和他的女人吗？"小姐同样兴奋的端详了一会，下了同样的断语。两人又惊，又喜，又伤心，都动了感情，哭了，心忐忑的乱跳，叫着嚷着；把两幅肖像抢来抢去，一秒钟之内，两人拿过来，递过去，直有一二十回。他们直瞪着眼，瞅着肖像和休隆人，恨不得连人带画一齐吞下肚去。他们轮流问他，又同时问他，什么时候，什么地方，这两幅像落到他奶妈手里的。他们想起上尉离家的时间，计算了一下，记得收到过他的信，说是到了休隆地方；从此就没有消息了。

天真汉告诉过他们，从来没见过父亲或是母亲。院长是个有见识的人，留意到天真汉长着一些胡子；他知道休隆人是没有胡子的。他想："他下巴上有一层绒毛，准是欧洲人的儿子。我的兄嫂从一六六九年出征休隆以后就失踪了，当时我的侄子应当还在吃奶；一定是休隆的奶妈救了他的命，做了他的养娘。"总之，经过了无数的问答，院长和他的妹妹断定这休隆人就是他们的嫡亲侄儿。他们流着泪拥抱他；天真汉却哈哈大笑，觉得一个休隆人竟会是下布勒塔尼地方一个修院院长的侄子，简直不能想象。

客人都下楼了，圣·伊佛神甫是个骨相学大家，把两幅画像和天真汉的脸比来比去，很巧妙的指出，他眼睛像母亲，鼻子和脑门像已故的甘嘉篷上尉，脸颊却又像父亲又像母亲。

圣·伊佛小姐从来没见过天真汉的父母，也一口咬定天真汉的长相跟他的爸爸妈妈一模一样。大家觉得冥冥之中自有天意，万事皆如连索，不免赞叹了一番。临了，他们把天真汉的身世肯定了又肯定，连天真汉本人也应允做院长先生的侄儿了；他说认院长做叔父或是认别人做叔父，他都一样的乐意。

院长他们到小山修院的教堂里去向上帝谢恩，休隆人却满不在乎的留在屋里喝酒。

带他来的英国人预备开船回去，跑来催他动身。他说："大概你们没有找到什么叔父什么姑母；我可是留在这儿了。你们回普利穆斯罢；我的行李全部奉送；做了院长先生的侄儿，我应有尽有，不会短少什么的了。"那些英国人便扬帆而去，天真汉在下布勒塔尼有没有家属，根本不在他们心上。

等到叔父姑母一行人唱完了吾主上帝；等到法官把天真汉重新盘问了半天；等到惊奇，喜悦，感动，所能引起的话都说尽了；小山修院院长和圣·伊佛神

18

甫决定教天真汉受洗，越早越好。无奈对付一个二十二岁的休隆人，不比超度一个听人摆布的儿童。第一先要他懂得教理，这就很不容易：因为据圣·伊佛神甫的想法，一个不生在法国的人是没有头脑的。

院长提醒众人，他的侄子天真汉先生虽则没福气生在下布勒塔尼，却并不缺少下布勒塔尼人的灵性；只要听他所有的答话就可证明，而他凭着父系母系双方的遗传，一定是个得天独厚的人物。

他们先问他可曾念过什么书。他说念过拉勃雷的英译本，念过而且能背得莎士比亚的几本戏；那是从美洲搭船往普利穆斯的时候，在船主那儿看到的，他读了很满意。法官少不得考问他书中的内容。天真汉道："老实说，我只懂得书中的一部分，余下的可不明白。"

圣·伊佛神甫发表意见说，他自己看书也是这样的，多数人看书也很少不是这样的。接着他问休隆人："你一定念过《圣经》罢？"——"没念过；船主的藏书中间没有这一本，我也从来没听人提到过。"甘嘉篷小姐嚷道："那些该死的英国人就是这样！他们把莎士比亚，李子布丁，甘蔗酒，看得比前五经①还重。难怪他们在美洲从来没感化过一个人。英国人一定是被上帝诅咒的；等着瞧罢，他们的牙买加和弗基尼阿，咱们很快就会拿过来的②。"

不管怎么样，他们找了圣·马罗最有本领的裁缝来，给天真汉从头到脚做衣服。客人散了，法官到旁的地方发问题去了。圣·伊佛小姐临行，频频回头望着天真汉，天真汉对她深深的鞠躬；至此为止，他对谁也没行过这样的大礼。

法官告辞之前，把他一个才从中学出来的大戆儿子，介绍给圣·伊佛小姐；圣·伊佛小姐连瞧都没瞧，因为一心只想着休隆人对她的礼貌。

---

① 《旧约》中的《创世记》，《出埃及记》，《利未记》，《民数记》，《申命记》称为前五经，昔时特别受人敬重。
② 牙买加为中美洲安提耳群岛中最大的岛，弗基尼阿为北美东部一大洲，当时均系英属地。

第三章

天真汉皈依正教

院长先生眼看自己岁数大了，如今上帝给了他一个侄子，让他有个安慰，便决意把教职传给侄儿，只要能使他受洗，劝他进教会。

天真汉记性极好。下布勒塔尼人的头脑天生就坚固，再经加拿大水土的锻炼，越发敲上去毫无知觉；而一朝有什么东西刻了上去，又永远磨不掉，他样样牢记在心。童年时代不像我们装满了许多废物和谬论，所以他的思想特别明确，有力；外界的印象进到他脑子里都清清楚楚，没有半点儿云翳。院长想了想，决定教他念《新约》。天真汉挺高兴的吞下去了；但不知道书中的事发生在何时何地，以为就在下布勒塔尼，便赌咒要把该亚法和彼拉多的鼻子耳朵一齐割掉，万一碰到那些坏蛋的话。

叔父看他有这种心愿，十分快慰，随即把事情向他解释清楚；他赞美天真汉的热诚，但告诉他这热诚是没用的，那批人①已经死了大约有一千六百九十年了。不久，天真汉差不多整本书都背得了，有时提出些疑问，使院长发窘，不得不常去请教圣·伊佛神甫；他也不知道如何解答，又找一个下布勒塔尼的耶稣会士来帮忙，领导休隆人皈依正教。

终于天真汉受了上帝感应，答应做基督徒了，并且深信第一要从割体做起。他说："他们要我看的那本书里，没有一个人不行割体的；可见我的包皮非牺牲不可，而且愈早愈好。"他决不左思右想，就叫人把村里的外科医生找来，要他施行手术，以为这件事办妥了，准能使甘嘉篷小姐和她周围的人皆大欢喜。从未

---

① 该亚法为犹太人的大祭司，即审讯耶稣的人；彼拉多为派驻犹太国的罗马总督，虽认为耶稣无罪，仍将耶稣交给犹太教的法官判刑。

做过这手术的理发匠①，通知了家属，家属听了直叫起来。好心的甘嘉篷小姐急坏了，她觉得侄儿是个坚决与性急的人，深怕他自己动手，冒冒失失地造成一些悲惨的后果；那是妇女们因为心地慈悲，一向最关切的。

院长纠正了休隆人的思想；说明割体已经不时行了，洗礼比这个温和得多，卫生得多，《新约》里的教规不像《旧约》里的教规。天真汉通情达理，秉性正直，争辩了一番，承认自己错了；欧洲人辩论的时候可不大肯认错的。最后他应允受洗，无论哪一天都可以。

受洗之前，必须经过忏悔；这件事可难办了。天真汉把叔父给的书老带在身边，他找来找去没看到有使徒忏悔的事，便固执起来。院长翻出《圣·雅各书》中，你们应当互相认罪那句使邪教徒最难堪的话，堵住了天

---

① 自中古时代起，欧洲的外科手术大多操于理发匠之手；法国直至一七四三年，路易十五始下诏将外科医生与理发匠二业完全分离。

真汉的嘴。休隆人便一声不出，向一个芳济会神甫去忏悔。忏悔完毕，他把芳济会神甫拖出忏悔亭，一把揪着，自己往亭子里坐了，叫他跪在地下，说道："朋友，书上写的：你们应当互相认罪，我已经把罪孽告诉了你，你不把你的罪孽告诉我，休想出去。"这么说着，他把粗大的膝盖顶着对方的胸脯。神甫大叫大嚷，声震屋宇。大家赶来，看见预备受洗的人正用着圣·雅各的名义殴打教士。只因为替一个下布勒塔尼人兼休隆人兼英国人行洗礼，是件天大的喜事，所以出了这些岔子，谁也不以为意。甚至很多神学家认为，忏悔也是多此一举，洗礼就可以包括一切了。

他们和圣·马罗的主教约了日期。主教听说要给一个休隆人行洗礼，得意非凡，便大排仪仗，带着全班执事到了。圣·伊佛小姐一边祝福上帝，一边穿上她最漂亮的衣衫，从圣·马罗叫了一个梳头的老妈子来，准备在典礼中大大炫耀一番。好问的法官和地方上全体名流都赶到了。教堂布置得十分华丽。但等到要把休隆人带往圣洗缸去的时候，休隆人却不知去向了。

叔叔和姑母到处寻找。众人以为他像平时一样打猎去了。来宾全体出动，跑遍了附近的树林村子，休隆人竟是影踪全无。

大家不免担心他回英国去了，他亲口说过非常喜欢那个国家。院长先生兄妹深信英国是从来不替人行洗礼的，不禁为侄儿的灵魂提心吊胆。主教心烦意乱，预备回去了；院长和圣·伊佛神甫慌作一团；法官照例拿出一本正经的神气，把路上的人一个一个盘问过来。甘嘉篷小姐哭了。圣·伊佛小姐没有哭，可是长吁短叹，表示她对于圣礼的关切。她们俩闷闷不乐，沿着朗斯小河边上的杨柳和芦苇走去，忽然瞥见河中有一个白白的高大的人影，两手抱着胸部。她们大叫一声，急忙掉过头去。但一忽儿好奇心战胜了所有的顾虑，两人轻轻地溜入芦苇，等到确实知道人家看不见她们了，她们就想瞧个究竟。

第四章

天真汉受洗

院长和神甫都赶来了，问天真汉待在那里干什么。"哎，诸位，我等着受洗啊。我全身泡在水里，浸到脖子，已经有一个钟点了，你们让我着凉真是太不客气了。"

院长柔声柔气的对他说："亲爱的侄儿，我们下布勒塔尼人受洗不是这样的；穿上衣服，跟我们来罢。"圣·伊佛小姐听了，轻轻的对她的女伴说："小姐，你想他会不会马上穿衣服呢？"

不料休隆人回答院长说："这回不比上回，你哄不倒我了；我仔细研究过，知道得清清楚楚，受洗没有第二种办法。干大基王后的太监便是在溪水中受洗的①；倘若另有一种洗礼，你得在书里找出证据来。要不在河中受洗，我就不受洗了。"众人向他解释，习惯改变了，只是枉费唇舌。天真汉固执得厉害，因为他又是下布勒塔尼人，又是休隆人。他口口声声提到干大基王后的太监。躲在杨柳中觑着他的姑母和圣·伊佛小姐，明明应当告诉他不该拿这种人自比，但她们觉得体统攸关，不便出口。主教亲自来和他谈话，那当然很郑重了；但也毫无用处；休隆人居然跟主教都争论起来。

他说："只要在叔父给我的书里，找出一个不在河中受洗的人，我就依你们。"

姑母绝望之下，记得侄儿第一次行礼，对圣·伊佛小姐的鞠躬比对谁都鞠得深；他对主教行礼，也不及向这位美丽的小姐那样恭敬而亲热。为了打开僵局，她决意向圣·伊佛小姐求救，想借重她的面子劝休隆人依照下布勒塔尼人的办法受洗；她相信倘若侄

---

① 见《新约·使徒行传》第八章。

28

儿坚持在流水中受洗，就永远做不了基督徒。

圣·伊佛小姐受到这样重要的使命，不由得暗中欣喜，脸都红了。她羞答答的走近天真汉，十分庄重的握着他的手："我要求你做点儿事，难道你不愿意吗？"说着她拿出妩媚动人的风度，把眼睛低下去又抬起来。"噢！小姐，你的要求，你的命令，我无有不依；水的洗礼也行，火的洗礼也行，血的洗礼也行，只要你吩咐下来，我决不拒绝。"院长的热诚，法官反复不已的问话，甚至主教的谆谆劝导都办不到的事，圣·伊佛小姐好大面子，一句话就解决了。她感觉到自己的胜利，可还没有估计到这胜利的范围。

在主持的方面和受洗的方面，洗礼的进行都极其得体，堂皇，愉快。叔父和姑母，把带往圣洗缸的荣誉让给了圣·伊佛神甫兄妹。圣·伊佛小姐做了干妈，眉飞色舞。她不知道这个煊赫的头衔会给她什么束缚；她接受了荣誉，没想到可怕的后果。

照例大典之后必有盛宴，所以洗礼完毕就入席。

几个爱取笑的下布勒塔尼人，认为酒是不能受洗礼的①。院长先生引证所罗门的话，说酒是使人开怀的。主教又补充一番，说古时的犹大长老②把驴子拴在葡萄园里，把大氅浸在葡萄汁内；可惜上帝没有把葡萄藤赏赐下布勒塔尼，我们不能学犹大的样。每人争着对天真汉的受洗说几句笑话，对干妈说几句奉承话。好问的法官问休隆人在教堂里发的愿，是否能信守不渝。休隆人答道："在圣·伊佛小姐手中发的愿，我怎么会翻悔呢？"

休隆人兴奋起来，为他的干妈一连干了好几杯。他说："要是你替我行洗礼，我会觉得浇在头发上的水变做开水，把我烫坏的。"法官觉得这句话诗意太浓了，殊不知这个譬喻在加拿大普通得很。并且干妈听了，说不出的高兴。

大家替受洗的人取了一个圣名，叫做赫格利斯。圣·马罗的主教再三打听这个本名神是谁，他从来没

---

① 俗语有替酒或牛奶行洗礼的话，就是羼水的意思。
② 此处的犹大长老是《创世记》所载雅各十二子之一。

听见过①。博学的耶稣会士告诉他，那是一位有过十二奇迹的圣者。还有一个抵得上十二奇迹的第十三奇迹，不便从耶稣会士的嘴里说出来；就是赫格利斯一夜之间把五十个少女都变了妇人。在座有一位爱说笑的人，道破了这个奇迹，说得有声有色。所有的妇女都低下头去，觉得照天真汉的相貌看来，他决不会辱没那圣者的名字的。

————————

① 赫格利斯为希腊神话中以神勇著称的人物，与基督教里的圣者风马牛不相及。

第五章

天真汉堕入情网

行过洗礼，吃过酒席，圣·伊佛小姐很热切的希望主教再举行个把盛大的典礼，好让她和天真汉-赫格利斯一同参加。但是她知书识礼，极有廉耻，虽然动了柔情，也不敢对自己承认；偶尔在一瞥一视，一言半语，一举一动之间有所流露，她也要用羞怯动人的表情，像帷幕一般的遮盖起来。总而言之，她又多情，又活泼，又稳重。

主教刚走，天真汉和圣·伊佛小姐就不约而同的碰在一起。他们谈着话，也没想过有什么可谈。天真汉先诉说他一往情深的爱，说他在本乡爱得如醉若狂的，美丽的阿巴加巴，万万比不上她。圣·伊佛小姐

33

拿出平日端庄娴雅的态度，回答说这件事应该赶快告诉他的叔叔院长先生，和他的姑母甘嘉篷小姐；她那方面要和她亲爱的哥哥圣·伊佛神甫去谈；预料他们都会同意的。

天真汉回答，他不需要征求谁的同意；把自己分内的事去问别人，太可笑了；只要双方自愿，就无须第三者撮合。他说："我想吃饭，打猎，睡觉的时候，从来不跟别人商量；我知道为了爱情的事，不妨征求对方同意；但我既不爱上我的叔父，也不爱上我的姑母，当然不用去请教他们；倘若相信我这个话，你也不必去问圣·伊佛神甫。"

我们不难想象，为了要休隆人遵守礼法，那位下布勒塔尼美人简直用尽了她的聪明才智。她甚至一忽儿着恼，一忽儿回嗔作喜。总之，要不是傍晚时分，圣·伊佛神甫带着妹子回去，两人的谈话竟不知如何结束呢。天真汉让叔父姑母先睡了，他们俩办了喜事，吃了酒席，已经有点支持不住。他却花了半夜功夫，用休隆文为爱人写情诗。世界上无论什么地方，一个人有了爱情未有不成为诗人的。

第二天，吃过早点，叔父当着极端感动的甘嘉篷小姐的面，对天真汉说道："亲爱的侄儿，靠上帝保佑，你居然很荣幸的做了基督徒，做了下布勒塔尼人；可是事情还没圆满；我年纪大了，我哥哥只留下一块很小的地，没有多大出息；我修院的产业，收入还可观；只要你像我所希望的，肯做修士，我日后就把修院移交给你，一则我老来有了安慰，二则你生活也可以过得不错。"

天真汉答道："叔父在上，但愿你福躬康健，长命百岁！我不知道什么叫做修士，什么叫做移交；但是我都可以接受，只要圣·伊佛小姐能归我支配。"——"噢，天哪！你说什么？难道你爱上那位美丽的小姐，为她风魔了吗？"——"是的，叔叔。"——"唉！侄儿，你要娶她是不可能的。"——"很可能，叔叔；她不但临走握了我的手，还答应托人向我说亲；我一定要娶她的。"——"告诉你，这是不可能的；她是你的干妈；干妈握干儿子的手就犯了天大的罪孽；并且一个人不能跟他的干妈结婚；教内教外的法律都禁止的。"——"哎唷，叔叔，你这是跟我开玩笑了；干妈既然年轻貌美，为什么不能娶她？你给我的那本书，从来没说跟帮助人家受洗的姑娘结婚是不好的。我每天都发觉，那本书里不叫人做的事，大家做了不知多多少少，叫人做的，大家倒一件没做。老实告诉你，这种情形使我看了奇怪，看了生气。倘若你们拿受洗做借口，不许我娶美丽的圣·伊佛，我就把她抢走，把我的洗礼作废。"

院长心里慌了，他的妹妹哭了。她道："亲爱的哥哥，我们万万不能让侄儿堕入地狱；我们的教皇圣父可以替他开脱，那他就能和他的爱人快快活活的过日子，而仍旧不失其为基督徒了。"天真汉把姑母拥抱了，问："这个多么可爱，多么慈悲，肯成全青年男女的婚姻的人是谁啊？我马上去跟他商量。"

他们给他解释什么叫做教皇；天真汉听了更诧异不置。"亲爱的叔叔，你的书里一句都没提到这种事；我出过门，识得海路；我们这儿是在大西洋边上，你们要我离开了圣·伊佛小姐，跑到一千六百里以外的地中海那边，向一个跟我言语不通的人，要求准许我爱圣·伊佛小姐？这简直可笑得莫名其妙了。我马上去见圣·伊佛神甫，他离此不过四里地，我向你们担保，不到天黑，我一定和我的爱人结婚了。"

说话之间，法官闯进来，照例问他上哪儿去。天真汉一边奔一边回答："结婚去。"一刻钟以后，他已经到了他心爱的，美丽的下布勒塔尼姑娘府上。她还睡着。甘嘉篷小姐对院长道："啊！哥哥，你永远没法教我们的侄儿当修士的。"

法官对于这次旅行大不高兴；因为他一厢情愿，要圣·伊佛小姐嫁给他儿子；那儿子却比老子还要愚蠢，还要讨厌。

第六章

天真汉跑到爱人家里，大发疯劲

天真汉一到，向老妈子打听他爱人的房间；房门没有关严，他猛力推开了，直奔卧床。圣·伊佛小姐惊醒过来，叫道："怎么！是你！啊！是你！站住！你来干什么？"他答道："我来跟你做夫妻。"真的，要不是她把一个有教育的人的礼义廉耻，全部拿出来抗拒，他当场就做了她的丈夫了。

天真汉看事情非常认真，认为对方的抗拒是蛮不讲理。他道："我的第一个情人阿巴加巴小姐就不是这样的；你不老实；你答应嫁给我，却不肯结婚；失信是违反荣誉的第一条规则；我要来教你守信，教你敦品修德。"

天真汉富有刚强勇猛的德性，不愧为赫格利斯的寄名弟子；他正要把德性全部施展出来，那小姐却凭着更文雅的德性大叫大喊，惊动了稳重的圣·伊佛神甫。他带着一个女管家，一个虔诚的老当差和教区里的一位神甫，赶来了。看到这些人，天真汉进攻的锐气不禁为之稍挫。神甫说："哎，天哪！亲爱的邻居，你这是干什么？"年轻人回答："尽我的责任啊；我是来履行我神圣的诺言的。"

　　圣·伊佛小姐红着脸整理衣衫。天真汉被带往另外一间屋子。神甫责备他行为非礼。天真汉抬出自然界的规律替自己辩护，那是他知道得很清楚的。神甫竭力解释，说人为的法律高于一切，人与人之间倘没有习惯约束，自然律不过是一种天然的强盗行为。他告诉天真汉："结婚要有公证人，教士，证人，婚书，教皇的特许状。"天真汉的感想和所有的野蛮人一样，他答道："你们之间要防这个，防那个，可见你们都不是好人。"

神甫很不容易解答这个难题。他道："我承认，我们中间有的是反复的小人，卑鄙的流氓；倘若休隆人聚居在大城市里，这种人也不会太少；但我们也有安分，老实，明理的人；定法律的便是这等人。你越是正人君子，越应当守法，给坏蛋们一个榜样；看到有德的人如何以礼自防，他们也会有所顾忌了。"

这一席话引起了天真汉的注意。大家早已看出他理路很清楚。当下便用好言相慰，让他存着希望：这两个圈套，东半球西半球的人都逃不过的；圣·伊佛小姐梳洗完毕以后，他们还让他见面。他所有的举动都很斯文了。但圣·伊佛小姐看到天真汉-赫格利斯明晃晃的眼睛，仍不免低下头去，在场的人也不免提心吊胆。

他们千方百计哄他回家，只是没用。临了还得借重美人圣·伊佛的力量。圣·伊佛越觉得他对自己百依百顺，心里越爱他。她叫他走了，可是说不出的难过。她的哥哥不但比她年纪大了很多，并且是她的监护人。休隆人去后，圣·伊佛神甫决计不让强项的情人再用那种激烈手段追求他的妹妹。他去找法官商量。法官一向有心把自己的儿子配给神甫的妹妹，便主张把可怜的姑娘送往修道院。这一下可真是辣手了：普通女子送进修道院，尚且要大哭大闹；一个动了爱情的，又贤慧又温柔的姑娘，当然更痛不欲生了。

天真汉回到叔父家里，凭着他的天真脾气把事情全说了。他受了一顿同样的教训，对他的思想略微有些作用，对他的情感却毫无影响。第二天他正想到美丽的情人家中，和她讨论自然的规律和人为的法律；法官却摆着一副教人难堪的得意样儿，向他宣布她已经进了修道院。天真汉道："好，我就到修道院去跟她讨论。"法官道："那是办不到的。"然后长篇大论的解释修道院的性质，说这个名称是从一个拉丁字来的，那拉丁字的意义是集会。休隆人弄不明白为什么他不能参加这个集会。最后他懂得，所谓集会是幽禁少女的监狱，是一种在休隆和英国都闻所未闻的残酷的手段。他登时大发雷霆，那股疯劲不亚于他的本名神赫格利斯。因为当年奥加里王欧利德的女儿伊奥莱，和圣·伊佛小姐一样美，奥加里王又和圣·伊佛神甫一样残酷，不肯把女儿嫁给赫格利斯①。天真汉竟想放火烧修道院，不是把情人抢走，便是和她一同烧死。甘嘉篷小姐惊骇之下，从此死心塌地，不敢再希望侄儿当修士了；她哭着说，自从他受洗之后，魔鬼就上了他的身。

---

① 赫格利斯因此率领大军攻打奥加里，杀其国王，将伊奥莱劫走。

第七章

天真汉击退英国人

天真汉垂头丧气，郁闷不堪；他沿着海滨散步，肩上背着双膛枪，腰里插着短刀，偶尔朝着飞鸟放几枪，常常想把自己当做枪靶；但为了圣·伊佛小姐，还不愿意轻生。他一忽儿把叔父，姑母，下布勒塔尼，洗礼，都咒骂一顿；一忽儿又祝福他们，因为没有他们，他不会认识他的爱人的。他立意到修道院去放火，才下了决心又马上打消，生怕烧坏了爱人。多少矛盾的思潮在他胸中骚动，便是英吉利海峡中受东风西风激荡的浪潮也不过如此。

他茫无目的，迈着大步走去，忽然听见一阵鼓声，看见远远的一大群人，一半奔向海边，一半逃往内地。

四面八方喊成一片，受了好奇心与冒险心鼓动，他立即向人声鼎沸的方面奔去，连窜带跑，飞也似的赶到了。民团司令在院长家和他同过席，马上认得是他，张着手臂迎上来，嚷道："啊！天真汉来了，他一定帮我们的。"吓得半死的民兵放了心，也叫道："天真汉来了！天真汉来了！"

他道："诸位，怎么回事呀？为什么慌成这样？是不是人家把你们的爱人送进了修道院？"几十个人乱哄哄的嚷道："你不看见英国人靠岸了吗？"休隆人回答："那有什么关系？他们都是好人，从来没要我做修士，也没架走我的爱人。"

民团司令告诉他，英国人要来抢劫小山修院，喝他叔父的酒，说不定还要架走圣·伊佛小姐；又说他上回搭着到下布勒塔尼来的小船，原来是刺探虚实的；他们并没和法国宣战，却先来骚扰地方；全省都受到危险了。天真汉道："啊！要是真的，他们就是不守自然规律；我有办法；我在他们国内住过很久，懂得他们的话，让我去交涉；我不信他们会有这样恶毒的用意。"

说话之间，一小队英国兵船驶近了；休隆人便迎上前去，跳进一条小船，划到司令官的旗舰旁边，上去问他们，可是真的不正式宣战，就来骚扰地方。司令官和舰上的人员哈哈大笑，请他喝了甜酒，把他打发走了。

天真汉禁不起众人一激，一心只想帮着同乡人和院长，跟他以前的朋友们大杀一场。附近的乡绅从四下里赶到；他和他们合在一起；手头有几尊炮，他忙着上弹药，拨准方向，一尊一尊的放起来。英国人下船了，他迎上去亲手杀了三个，把取笑他的司令官也打伤了。他的勇敢替整个民团壮了胆子；英国人退回船上；沿海只听见一片胜利的呼声："王上万岁！天真汉万岁！"人人都来拥抱他；他受了几处轻伤，大家都抢着替他止血。他道："啊！要是圣·伊佛小姐在这儿，她一定替我包扎得好好的。"

法官在厮杀的当口躲在家中地窖里，这时也跟别人一起来恭维他。不料天真汉-赫格利斯身边围着十来个跃跃欲试的小伙子，他对他们说道："弟兄们，咱们救了小山修院还不够，还得去救一位姑娘。"激烈的青年人，单单听了这两句，火气就来了。法官在旁不由得大吃一惊。一大群人已经跟着他往修道院出发了。要不是法官立刻通知民团司令，要不是马上有人去追回那批疯疯癫癫的青年，事情就大了。众人把天真汉送回给他的叔叔和姑母，他们俩十分感动，把眼泪洒了他一身。

叔叔对他道："我看明白了，你永远做不成修士，做不成院长；你要当了军官，比我当上尉的哥哥还要勇敢，说不定也和他一样是个穷光蛋。"甘嘉篷小姐哭个不停，搂着他说道："他要把性命送掉的，和我们的哥哥一样；还是让他做修士的好。"

天真汉在厮杀的时候捡到一个大荷包，满满的装着基尼亚①，大概是英国司令失落的。他以为这笔钱可以把下布勒塔尼全省都买下来，至少也能使圣·伊佛小姐一变而为贵妇人。个个人劝他到凡尔赛去受赏。民团司令，高级军官，纷纷给他出立证书。叔叔和姑母也赞成侄子去走一遭。他毫无困难，一定能见到王上。单是这一点，他在外省就是一个大人物了。两位好人拿出一大笔积蓄，加入那个英国荷包。天真汉心里想："等我见了王上，就要求他准许我和圣·伊佛小姐结婚，他决不会拒绝的。"于是他动身了，一乡的人都来送行，欢声雷动，把他拥抱得气都喘不过来，姑母把眼泪洒了他一身，叔父给他祝福了，他自己却是默默的向美人圣·伊佛致意。

---

① 基尼亚为英国昔时金币，值二十一先令。

49

第八章

天真汉到王宫去，路上和
迁葛奴党人一同吃饭

天真汉取道萨缪，搭的是驿车；当时也没有别的车辆。到了萨缪，看见城里十室九空，好几份人家正在搬场，他心中很纳闷。有人告诉他，六年以前城里有一万五千人口，如今还不到六千。晚上在客店里吃饭，他少不得提起此事。同桌有好几个新教徒：有的满嘴牢骚，有的义愤填胸，有的一边哭一边说了两句拉丁文。天真汉不懂拉丁文，问了人家，才知道那两句话的意思是：田园温暖，不得不抛；故乡虽好，不得不逃。

"诸位，干么你们要逃出家乡呢？"——"因为人家要我们承认教皇。"——"你们为什么不肯承认他？

难道你们不想娶你们的干妈吗？听说他可以发特许状的。"——"啊！先生，教皇自称为国王领土的主人翁。"——"你们是干哪一行的？"——"我们多半是做布生意的和办工厂的。"——"倘若教皇自称为你们的布匹和工厂的主人，那末不承认他是应该的；但王上的领土是王上的事，你们管它做什么？"于是有一个穿黑衣服的矮个子，头头是道的说出众人的怨恨；慷慨激昂的提到《南德敕令》的撤销；替五万个逃亡的家庭，还有五万个被龙骑兵强迫改宗的家庭叫屈；连天真汉也为之流泪了①。他道："一个这样伟大的国王，声威远播，连休隆人都久闻大名的，怎么会把成千累万愿意爱戴他的人，愿意为他出力的人，轻易放弃呢？"

穿黑衣服的人答道："因为他像别的伟大的君王一样，受人蒙蔽。人家哄他，说只要他开一声口，所有

① 法国宗教战争（一五六二～一五九三）告终以后，亨利四世于一五九八年颁布敕令，史称《南德敕令》，保障新教徒之信仰自由，与旧教徒受平等待遇。路易十四于一六八五年将此项敕令撤销，并听从特·路伏侯爵之计划，发动大批龙骑兵，至各处威逼新教徒改信旧教，致新教徒纷纷流亡国外。此项新教徒即所谓迁葛奴党，彼等之逃亡为法国史上最大的移民运动。

的人都会跟他一般思想；他可以叫我们改变宗教，和他的乐师吕利一刹那间更换歌剧的布景一样。可是他不但丧失了五六十万有用的国民，并且还逼他们与他为敌。如今在英国当政的威廉王，把原来乐意为本国拼命的法国人，编成了好几个联队。

"这样一桩祸国殃民的事特别令人奇怪：路易十四为了现任的教皇牺牲自己的一部分百姓，但这教皇明明是路易十四的死冤家。九年以来，他们俩还闹得很凶呢。法国甚至于希望，把这外国人几百年来套在它身上的枷锁完全摆脱，连世界上第一样要紧东西，金钱，也不再供给教皇。可见王上是受人欺骗，对自己的权力与利益都看不清了，他宽宏的度量也受到影响了。"

天真汉越来越感动，问究竟是哪些人，胆敢蒙蔽一个连休隆人都不胜爱戴的国王。人家回答说："都是些耶稣会教士，尤其是王上的忏悔师拉·希士①神甫。

① 拉·希士（一六二四～一七〇九）与特·路伏均为法国史上实有的人物。前者为路易十四的忏悔师；后者为路易十四的陆军大臣，以治军著名，但性情残忍，迫害新教徒之手段尤为残酷。

希望有一天上帝会惩罚他们，把他们驱逐出境，像他们现在赶走我们一样。我们受着世界上最大的苦难。特·路伏先生派了耶稣会士和龙骑兵，到处来难为我们。"

天真汉再也按捺不住，说道："诸位，我立了功劳，正要到凡尔赛去受赏；我可以跟那位特·路伏先生谈一谈；听说就是他在办公室里策划军事的。我能见到王上，要把真相告诉他；一个人知道了真相，不会不接受的。不久我得回来和圣·伊佛小姐结婚，请你们都来观礼。"那些老实人听了，以为他是个微服出游的大贵人，为了避人眼目，特意搭着驿车。也有人把他当做王上身边的小丑。

饭桌上有个便服乔装的耶稣会士，正是拉·希士神甫的间谍，事无大小，他都报告拉·希士，再由拉·希士转告特·路伏。当下他就动笔。那份报告书和天真汉差不多同时到达凡尔赛。

第九章

天真汉到了凡尔赛，
宫廷对他的招待

　　天真汉搭的车停在御厨房外面的院子里。他问轿夫，几点钟可以见到王上。轿夫对他当面打个哈哈，像那个英国海军司令一样。天真汉用同样的方法对付，把他们打了；他们也预备回敬，差点儿大打出手；幸好有个当御前侍卫的布勒塔尼乡绅走过，把他们劝开了。天真汉对侍卫说："先生，我看你是个好人；我是小山圣母修院院长先生的侄子，杀了几个英国人，要跟王上说话。请你把我带到他屋里去。"侍卫遇到一个不识宫廷规矩的同乡人，大为高兴，告诉他觐见王上不能这么随便，必须由特·路伏大人带引。"那末，请你带我去见这位特·路伏大人，他准会把我引见的。"侍卫答道:"要跟特·路伏大人说话,比跟王上说话还要难。让我带你去见陆军部秘书亚历山大先生,见了他就等于见了陆军大臣。"两人说着,就到亚历山大府上,可是进不去;秘书正和一位内廷的太太商量公事,来宾一律挡驾。侍卫道:"好罢,没有关系;咱们去找亚历山大先生的秘书;见了他就像见了亚历山大先生一样。"

天真汉不胜惊奇,只得跟着走;两人在一间小穿堂里等了半小时。天真汉问道:"怎么的?这里所有的人都不见客吗?在下布勒塔尼和英国人打仗,比到凡尔赛衙门里找人方便多了。"为了消磨时间,他把自己的恋爱故事讲给同乡听。可是时钟一响,侍卫要去上班了。两人约好第二天再见;天真汉在穿堂中又等了半小时,心里想着圣·伊佛小姐,也想着要见王上和秘书们多么不容易。

终于主人出现了。天真汉对他道:"我等了这么久才见到你,要是我也等这些时间去迎击英国人,他们此刻尽可以称心象意,把下布勒塔尼一抢而空。"这几句话使秘书怔了怔，说道："你来要求什么？"——"我要求酬劳；我的文书都带来了。"他把证件一齐摆在秘书面前。秘书看了，说也许可以准他买一个少尉的缺。"买一个少尉的缺！因为我打退了英国人，所以要我出钱吗？我得花了钱，才有权利去替你们拼命，让你们在这儿消消停停的会客，是不是？大概你是说笑话罢？我要不出一钱，带领一个骑兵连。我要王上把圣·伊佛小姐放出修道院，准许我和她结婚。我要跟王上谈谈五万个家庭的事，我打算劝他们回心转意，拥戴王上。总而言之，我要替国家出力；我要政府用我，提拔我。"

秘书问："先生，你是谁？说话这样高声大气的？"天真汉答道："噢！噢！你没有看过我的证件吗？原来你们是这样办事的！我名叫赫格利斯·特·甘嘉篷，受过洗礼，住在蓝钟饭店。我要在王上面前告你一状。"秘书和那些萨缪人一样，认为他头脑有点毛病，没把他放在心上。

当天，路易十四的忏悔师拉·希士神甫，收到间谍的信，指控布勒塔尼人甘嘉篷袒护迁葛奴党，痛骂耶稣会士的行为。特·路伏先生方面，也收到好问的法官来信，把天真汉形容做无赖光棍，图谋火烧修道院，绑架姑娘。

天真汉在凡尔赛花园中散了一会步，觉得很无聊；照着下布勒塔尼人和休隆人的款式吃过晚饭，睡觉了；他存着甜蜜的希望，以为第二天能见到王上，准他与圣·伊佛小姐结婚，至少给他带一个骑兵连；王上也会制止对迁葛奴党的迫害。他正想着这些念头自得其乐，忽然公安大队的几个骑兵闯进屋子，先把他的双膛枪和大刀没收了。

他们把他的现金点了数，带他到都奈尔城门口，圣·安多纳街旁边的宫堡中去，那是约翰二世的儿子，查理五世修盖的①。

天真汉一路怎样的诧异，读者不妨自己去想象。

---

① 此即历史上有名的巴斯蒂监狱；建于十四世纪，原为防御英军而筑的碉堡。权相黎希留当政，始改为监狱；卒于一七八九年七月大革命爆发时，被民众焚毁。

他先疑心是做梦，只觉得昏昏沉沉；过了一会，他突然疯劲发作，力气长了一倍，把车内两个押送的卫兵掐着脖子，摔出车厢，自己也跟着往外扑去；第三个卫兵过来拉他，连带滚下了。天真汉用劲过度，栽倒在地。大家把他捆起，重新扛上车。他道："哼，把英国人赶出下布勒塔尼，落得这个酬报！美丽的圣·伊佛，你要看到我这个情形，又怎么说呢？"

终于到了公家派定的住处。卫兵们一声不出，像抬一个死人进墓园似的，把他抬进牢房。房内有一个保尔-洛阿伊阿派①的老修士，叫做高尔同，已经不死不活的待了两年了。公安队长对老人道："喂，我给你带个同伴来了。"随即把大锁锁上，牢门十分厚实，装着粗大的栅栏。两个囚徒就此和整个世界隔绝了。

---

① 保尔-洛阿伊阿派即扬山尼派，为旧教中的一个宗派，盛行于十七世纪，谓自亚当堕落以后，人类即无自由意志，个人的为善与灵魂得救均有赖于上帝的恩宠，非人力所能致。此派被教皇斥为异端，并与耶稣会明争暗斗，十七世纪时备受压迫。

第十章

天真汉和一个扬山尼派的
教徒一同关在巴斯蒂监狱

高尔同先生是个精神矍铄，胸襟旷达的老人；他有两大德性：逆来顺受和安慰遭难的人。他神情坦白，态度慈祥的走过来，拥抱着同伴，说道："和我同居墓穴的人，不管你是谁，请你相信我一句话：在这个地狱般的深坑中，你要有什么苦恼，我一定忘了自己的苦恼来安慰你。我们应当热爱上帝，是他冥冥之中带我们到这儿来的。咱们心平气和的受难罢，希望罢。"在天真汉的心中，这些话好比起死回生的英国药酒①；他不胜惊异的把眼睛睁开了一半。

高尔同说完了开场白，并不急于打听天真汉遭难的原因；但由于老人温柔的言语，同病相怜的关切，天真汉自然而然想掏出心来，把精神上的重担放下来歇一歇；可是他猜不出倒楣的缘由，只觉得是祸从天降；高尔同老人也和他一样的诧异。

扬山尼派的信徒对休隆人道："上帝对你必有特别的用意，才把你从翁泰利俄湖边带到英国和法国，使你在下布勒塔尼受洗，又带你到这儿来，磨练你的灵魂。"天真汉答道："我认为我命里只有恶魔捣乱。美洲的同乡永远不会对我这样野蛮，他们连想还想不到呢。人家叫他们野蛮人，其实是粗鲁的好人；这里的却是文明的恶棍。我弄不明白，怎么我会从另一个世界到这儿来，跟一个教士一同关在牢里；我也细细想过，不知有多少人，从地球这一边特意赶到地球那一边去送死，或是在半路上覆舟遇险，葬身鱼腹。我看不出上帝对这些人有什么大慈大悲的用意。"

---

① 此是十七世纪时流行的一种提神的药酒。

狱卒从窗洞里送进饭来。他们俩谈着上帝，谈着王上的密诏①，谈着如何不让谁都会遭遇的忧患压倒。老人道："我在这儿已经待了两年，除了自己譬解和书本以外，没有别的安慰；我可是从来不烦恼。"

　　天真汉嚷道："啊，高尔同先生，你难道不爱你的干妈吗？要是你和我一样认识了圣·伊佛小姐，你准会伤心死的。"说到这里，他不由得流泪了；哭过一阵，心里倒觉得松动了些。他道："咦！眼泪怎么能使人松动呢？不是应该相反吗？"老人回答："孩子，我们身上一切都是物理现象；所有的分泌都使身体畅快，而能使肉体缓和的必然能使心灵缓和：我们是上帝造的机器。"

　　上文提过好几次，天真汉天赋极厚；他把这个观念细细想了想，觉得自己也仿佛有过的。然后他问同伴，为什么他那架机器在牢里关了两年。高尔同回

---

①　此系法国史上的专门名词。君主时代，王上只须下一道"密诏"，就可置人于狱，无须法律手续。

答："为了那个特殊的恩宠①。我是扬山尼派，认得阿尔诺和尼高尔②；我们受耶稣会的迫害。我们认为教皇不过是个主教，和别的主教一样；就因为此，拉·希士神甫请准王上，不经任何法律手续，把我剥夺了人类最宝贵的财产，自由。"天真汉道："真怪，我遇到的几个倒楣人，都是为了教皇之故。至于你那个特殊的恩宠，老实说我莫名其妙；但我在患难之中碰到一个像你这样的人，给我意想不到的安慰，倒的确是上帝的恩典。"

日子一天天的过去，他们的谈话越来越有意思，越来越增进各人的智慧。两个囚徒友爱日笃。老人很博学，青年很好学。过了一个月，他研究几何，很快就学完了。高尔同教他念当时还很流行的罗奥的《物理学》，他极有头脑，觉得书中只有些不确不实的知识。

接着他念了《真理之探求》上编，颇有启发。他道："怎么！我们的幻想和感觉会哄骗我们到这个程

---

① "特殊的恩宠"为扬山尼派的术语，即指人类赖以得救的恩宠。
② 阿尔诺（一五九一～一六六一）与尼高尔（一六二五～一六九五）都是扬山尼派有名的神学家。

度！怎么！我们的思想不是由外物促成的，我们自己不能有思想的！"念完下编，他却不大满意，认为破坏比建设更容易①。

一个无知的青年，竟会跟深思饱学的人有同样的感想：高尔同为之惊异不置，觉得他才智过人，更喜欢他了。

一日，天真汉和他说："据我看，你那个玛勒勃朗希写前半部书是用的理智，写后半部是用的幻想和成见。"

过了几天，高尔同问他："关于灵魂，关于我们接受思想的方式，关于我们的意志，关于神的恩宠，关于自由意志，你有什么意见？"天真汉答道："毫无意见。我想到的只是我们都在上帝掌握之下，像星辰与原素一样；我们身上的一切都是他主动的，我们只是大机器中的小齿轮，大机器的灵魂就是那上帝；他的行动是依照一般的规律，而非个别的观点出发的。我

① 《真理之探求》为法国玛勒勃朗希（一六三八～一七一五）所著，上编论人的感官、幻想、理解、情欲等等所造成的错误。下编提出作者的哲学体系，大致不出笛卡儿的范围。

所能了解的只此而已；其余只觉得黑漆一团。"

"可是，孩子，你这么说等于把上帝当做罪恶的主犯了。"——"唉，神甫，你所谓特殊的恩宠，也是把上帝当做罪恶的主犯啊；得不到恩宠的人必然要犯罪，那末把我们交给罪恶的人不就是主犯吗？"

这种天真的论据使老人非常为难；他觉得费尽心思也无以自解；说了一大堆话，似乎很有意义，其实空空洞洞，无非是人的意志有赖于神的恩宠等等；天真汉听了只觉得可怜。这问题当然牵涉到罪恶的根源；高尔同便搬出邦杜拉的宝匣，被阿里玛纳戳破的奥洛斯玛特的蛋，泰封与奥赛烈斯之间的敌意，最后又提到原始罪恶①。两人在无边的黑夜中奔逐，永远碰不到一处。但这种灵魂的探险转移了他们的目光，不

---

① 希腊神话载：宙斯以神匣赐与邦杜拉，内藏人间所有的罪恶及灾祸，邦杜拉为了好奇而揭开，匣中的罪恶灾祸乃全部逸出，布满大地。古代波斯传说：善神奥洛斯玛特与恶神阿里玛纳永远争战不已，奥洛斯玛特创造二十四个善的精灵，藏于蛋内，免受阿里玛纳之害。讵阿里玛纳戳破蛋壳，以致世界上每一善事均与恶事相混。埃及宗教中有泰封与奥赛烈斯二神，泰封代表恶，奥赛烈斯代表善，生殖，繁荣。原始罪恶即指基督教传说中亚当与夏娃私食禁果事。

再注意自身的忧患；充塞宇宙的浩劫，像符咒一般减少了他们的痛苦的感觉：人人都在受罪，他们怎么还敢怨叹呢？

可是静寂的夜里，美丽的圣·伊佛的形象，把她爱人所有的玄学思想和道理思想都抹得干干净净。他含着眼泪惊醒过来；而那个扬山尼派老人也忘了他特殊的恩宠，忘了圣·西朗神甫和扬山尼斯①，忙着安慰一个他认为罪孽深重的青年。

看一会书，讨论一会，两人又提到自身的遭遇；空谈了一阵遭遇，又回到书本中去，或是一同看，或是分头看。青年人的智力日益加强。尤其在数学方面，若非为了圣·伊佛小姐而分心，他可以钻研得很深。

他读了历史，怏怏不乐。他觉得人太凶恶太可怜了。历史只是一连串罪恶与灾难的图画。安分守己与清白无辜的人，在广大的舞台上一向就没有立足之地。所谓大人物不过是一般恶毒的野心家。历史有如

---

① 圣·西朗神甫与扬山尼斯均为扬山尼派的创始人。

悲剧，要没有情欲、罪恶、灾难，在其中掀风作浪，就会显得毫无生气，令人厌倦。格里奥也得像美尔波美尼一样，手里拿一把匕首①。

法国史固然和别国的同样丑恶，天真汉却觉得开头的一部分那么可厌，中间的一部分那么枯索，后面的一部分那么渺小：到了亨利四世的朝代还没有伟大的建筑，别的民族已经有些奇妙的发现闻名世界，法国却毫不关心；史上记载的无非是发生在世界一角的，猥琐无聊的惨剧，天真汉直要捺着性子，才把那些细节读完。

高尔同和他一般见解。读到弗尚撒克，弗尚撒盖，阿斯泰拉②几个小诸侯的故事，两人只觉得可怜可笑。这段历史只配诸侯的后代去研究，倘若他们有后代的话。有个时期，天真汉为了罗马共和国几个辉煌灿烂的世纪，对别的国家都不感兴趣了。他只想着罗马战胜异族，为他们立法的史迹。他抱着满腔热忱，

---

① 希腊神话中有九个文艺女神，其中格里奥执掌史诗，美尔波美尼执掌悲剧。
② 三者均系法国南方小郡，中古时代为封建诸侯的产业。

向往于这个追求自由与光荣，历七百年而不衰的民族。

多少日子，多少星期，多少岁月，都这样过去了，要不是有了爱人，天真汉也会在拘留生活中觉得幸福的。

他的笃厚的天性，还为了小山修院的院长和富于感情的甘嘉篷小姐难过。他常说："我这样毫无音讯，他们要作何感想呢？一定要认为我无情无义罢？"想到这里，他很痛苦；他哀怜他所爱的人，远过于哀怜自己。

第十一章

天真汉怎样发展他的天赋

博览群书扩大了他的心灵，一个有见识的朋友安慰了他的心灵。我们的囚徒占了这两项便宜，却是从来没想到的。他说："我几乎要相信变形的学说了，因为我从野兽变做了人。"他有笔钱可以自由支配，便用来收集一批精心挑选的书。他的朋友鼓励他把感想记下来，以下便是他写的关于古代史的感想：

"据我想象，世界上的民族很多都像我一样，求知识是晚近的事；几百年中他们只顾着当前，很少想到过去，从来不想到将来。我在加拿大走过两千多里地方，没看到一所纪念建筑，大家都不知道自己的曾祖做过些什么。这不是人类的自然状态吗？这一洲上的种族似乎比那一洲上的优秀。他千百年来用艺术用知识扩充自己的生命。莫非因为他下巴上长着胡子，而上帝不给美洲人长胡子吗？我想不是的；我看到中国人也差不多没有胡子，但他们培植艺术已经有五千多年。既然他们有四千年以上的历史，整个民族的聚居和繁荣必有五十世纪以上。

"中国这段长久的历史有一点特别引起我注意，就是中国的一切几乎全是可能的，自然的。我佩服他们什么事都没有一点儿神奇的意味。

"为什么别的民族都要给自己造出一些荒诞不经的来源呢？法国最早的史家，其实也不怎么早，说法国人是埃克多①的儿子，法朗居斯之后。罗马人自称为夫赖尼人②之后，但他们的语言没有一个字和夫赖尼语有关。埃及被神道占据了一万年，魔鬼盘踞在大月氏族中，生下了匈

---

① 根据希腊史诗，埃克多为脱洛阿战争中的英雄之一，以勇武著称。
② 夫赖尼为小亚细亚之古国，最后之王弥大斯，于公元前七世纪末被外族战败，后为波斯、马其顿、罗马各国相继统治。

奴。在修西提提斯①以前，我只看到些近乎阿玛提斯②一类的小说，还不及阿玛提斯有趣。到处只有神道的显形，诏谕，奇迹，巫术，变形，穿凿附会的梦境：最大的帝国和最小的城邦，根源都不出乎这几种。有时是会讲话的禽兽，有时是受人膜拜的禽兽，一忽儿神变了人，一忽儿人变了神。啊！我们即使需要寓言，至少得包含真理！哲学家的寓言，我看了喜欢；儿童的寓言，我看了发笑；骗子的寓言，我只有痛恨。"

有一天他读到于斯蒂尼安皇帝③的历史，述及君士坦丁堡教会中的博士，用极不通顺的希腊文下了一道法令，把当时一个最伟大的军人斥为邪道，因为他谈话之间很兴奋的说：真理自有光明，薪炭之火不足以照耀人心。博士们认为这两句是邪说，是异端，应当反过来说才合乎迦特力

---

① 修西提提斯为希腊最大的史家，生存于公元前五世纪至前四世纪之间，所著《伯罗奔尼撒战役》（记雅典与斯巴达两邦间之战争）以叙事正确，立论公允著称。
② 阿玛提斯为十六世纪西班牙小说中的主角，故事源出法国之布勒塔尼，自十三世纪起即为人熟知。阿玛提斯为英勇的流浪骑士之典型。
③ 于斯蒂尼安为六世纪时东罗马帝国之皇帝。

教义与希腊教义：唯薪炭之火方能照耀人心，真理自身并无光明。那般博士禁止了军人的好几篇演讲，并且下了一道法令。

天真汉叫道："怎么！法令交给这种人颁布吗？"高尔同老人回答："这不是法令，而是乱命；君士坦丁堡的人，自皇帝以下都引为笑谈；于斯蒂尼安是一个开明的君主，不让手下的教士胡作非为。他知道那几位先生和别的教士，遇到比这个更重大的事也乱发命令，前几任皇帝已经看得不耐烦了。"天真汉道："皇帝的措置很得当。我们要拥护教士，也要限制教士。"

他还写了许多别的感想，使高尔同老人暗暗吃惊，想道："怎么！我孜孜为学，花了五十年工夫，反不能像这个半野蛮的孩子有这样自然而合理的见识。我战战兢兢，惟恐给了他成见；谁知他只听从淳朴的天性。"

老人有几本批评小册，几本期刊：一般不能生产的人借此抹煞别人的生产，维才之流侮辱拉西纳，番第之辈侮辱法奈龙。天真汉看了几本，说道："这好比苍蝇蚊子在骏马的屁股上下蛋，并不能妨碍骏马的奔驰。"两位哲学家对这些垃圾文学简直不屑一看。

不久两人又研究初步的天文学；天真汉叫人买了几个浑天仪：一看那个伟大的景色，他高兴极了，叫道："可怜！直到人家剥夺了我仰观天象的自由，我才认识天象。木星和土星在无垠的空间转动；几千百万的星球照耀着几千百万的世界；而在我偶然来到的一角土地上，竟有人把我这个有眼睛有头脑的生物，跟我视线所及的无量数的宇宙，跟上帝安放我的世界，完全隔绝！普照宇宙的日光，我竟无法享受。在我消磨童年和青年时代的北国，可没有人遮蔽我的天日。亲爱的高尔同，要没有你，我在这里就陷入一片虚无了。"

第十二章

天真汉对于剧本的意见

年轻的天真汉仿佛一些元气充足的树，长在贫瘠的土上，一朝移植到水土相宜的地方，很快就根须四展，枝叶扶疏了；而监狱竟会是这块有利的土地，也是意想不到之事。

两个囚徒用来消遣岁月的书籍中，还有诗歌，希腊悲剧的译本和几部法国戏。天真汉读了谈情说爱的诗，心里又快乐又痛苦。它们都提到他心爱的圣·伊佛。《两只鸽子》的寓言①使他心如刀割：何年何月他才能回到旧巢去呢？

他对莫利哀大为倾倒。从他的喜剧中，他认识了巴黎的和一般的人情风俗。——"你是爱他哪一本戏呢？"——"不消说，当然是《太丢狒》②。"——"我跟你一样，"高尔同说，"把我送进地牢来的就是一个太丢狒；使你倒楣的或许也是些太丢狒。"

"你觉得希腊悲剧怎么样？"——"那是适合希腊人的，"天真汉回答。但读到近代人写的《依斐日尼》，《番特勒》，《昂特洛玛葛》，《阿太里》③，他为之出神了，又是叹气，又是流泪，无意之间把剧词都记熟了。

高尔同说："你念念《洛陶瞿纳》罢④，据说那是戏剧中的杰作；比较之下，你多喜欢的别的作品都不足道了。"年轻人念了第一页就道："这是另外一个作家的。"——"你怎么知道？"——"我说不出道理；可是这些诗句既不动听，也不动心。"高尔同道："噢！那不过是诗句而已。"天真汉道："那末写它干什么？"

① 拉·风丹纳寓言第九卷第二篇，题名《两只鸽子》，描写一对友情深厚的鸽子，一只喜欢家居，一只喜欢旅行。旅行鸽不顾居家鸽苦劝，出外游历。途中先遇大风雨，狼狈不堪；继而堕入罗网，险被擒获；又遭鹰隼追追，几乎丧命；终被儿童弹丸击中，折足丧翼，幸得回巢。
② 太丢狒为莫利哀喜剧中卑鄙无耻，阴险狠毒的小人典型；剧名即为《太丢狒》。
③ 以上四悲剧均为十七世纪法国悲剧家拉西纳的作品。
④ 《洛陶瞿纳》及下文之《西那》均为十七世纪法国悲剧家高乃伊的作品。

他仔细念完剧本，除了求快感以外并无别的用意；然后一滴泪水都没有，睁着惊奇的眼睛望着朋友，无话可说。临了，他被逼不过，只得说出他的感觉："开头一段我弄不清；中间一段我受不了；最后一场我很感动，虽然不大像事实。我对剧中人一个都不感兴趣，统共只记得一二十句诗，可是我喜欢的东西是全部背得的。"

"这个剧本是公认为最好的呢。"——"那说不定和许多没有本领而居于高位的人一样。不过这是趣味问题；我的鉴赏力还没成熟，可能错的；但你知道我的习惯是把自己的思想，感觉，老老实实说出来。我疑心一般人的判断往往夹着幻想，时尚，意气。我只凭本性说话；可能我的本性缺点很多，但也可能多半的人不大肯听听本性的意见。"说着他背了几段《依斐日尼》，这些诗他满肚子都是；虽然念得不高明，那种真情实感和动人的声调，也使高尔同听着哭了。接着又读了《西那》，他并不流泪，只是佩服。

第十三章

美丽的圣·伊佛到凡尔赛去

我们这位遭难的人，思想上的进步远过于精神上的安慰；闭塞多年的聪明，一下子发展得那么迅速那么有力；他的天性给琢磨得越来越完满，仿佛替他对不幸的遭遇出了一口气。可是院长先生，他好心的妹妹，还有被幽禁的美人圣·伊佛，这个时期又怎样了呢？第一个月大家焦急不安，第三个月痛苦万分：胡乱的猜测，无稽的谣言，使他们着了慌；六个月之后，以为他死了。最后，甘嘉篷先生兄妹俩，从内廷侍卫写到下布勒塔尼的一封旧信中，知道有一个很像天真汉的青年，一天傍晚到过凡尔赛，当夜被人架走，从此没有消息。

甘嘉篷小姐道："唉，我们的侄儿恐怕做了什么傻事，出了乱子了。他年纪轻轻，又是下布勒塔尼人，不会知道宫中的规矩的。亲爱的哥哥，我从来没到过巴黎或是凡尔赛；这是一个好机会，说不定我们能把可怜的侄儿找回来：他是我们哥哥的儿子，我们责任所在，应当去救他。将来年轻人的火气退了，谁敢说我们就没法使他当修士呢？他读书很有天分。你该记得为了《旧约》与《新约》的辩论吧？他的灵魂是我们的责任；教他受洗的也是我们；他心爱的情人圣·伊佛，天天都从早哭到晚。真的，应当到巴黎去。倘使他躲在什么坏地方花天酒地的玩儿，像人家告诉过我的许多例子，那我们就把他救出来。"院长听了妹妹的话感动了，去见当初替休隆人行洗礼的圣·马罗主教，求他帮助，请他指教。主教赞成院长上巴黎走一遭，写了许多介绍信，一封给王上的忏悔师，国内第一位贵人拉·希士神甫，一封给巴黎的总主教哈莱，一封给摩城的主教鲍舒哀。

兄妹俩动身了；但一到巴黎，就像进了一座大迷宫，看不见进路，也看不见出路。他们并非富有，却每天都得坐着车出去寻访，又寻访不到一点踪迹。

　　院长去求见拉·希士神甫；拉·希士神甫正在招待杜·德隆小姐，对院长们一概不见。他到总主教门上；总主教正和美丽的特·来提几埃太太商量教会的公事。他赶到摩城主教的乡村别墅；这主教正和特·莫雷翁小姐翻阅琪雄太太的《神秘之爱》①。但他仍旧见到了两位主教；他们都回答说，他的侄子既非修士，他们就不便过问。

　　终于他见到了耶稣会士拉·希士神甫；拉·希士神甫张着臂抱迎接他；声明他素来特别敬重院长，其实他们从来没见过面。他赌咒说，耶稣会一向关切下布勒塔尼人："可是，令侄是不是迁葛奴党呢？"——"绝对不是。"——"可是扬山尼派？"——"我敢向

---

① 琪雄太太（一六四八～一七一七）提倡清静无为的虔修，著有《神秘之爱》一书，认为只要舍身忘我，热爱上帝，一切仪式皆为多余，即祈祷亦可不必。当时法奈龙赞成其说，鲍舒哀（即本文中所称摩城主教）则斥为异端。

大人担保，他连基督徒还不大说得上。十一个月以前，我们才给他行了洗礼。"——"那好极了，好极了，我们一定照顾他。你的教职出息不错吗？"——"噢！微薄得很；舍侄又花了我们很多钱。"——"你们附近可有扬山尼派？你得注意，亲爱的院长先生，他们比迂葛奴党，比无神论者，还要危险。"——"大人，我们那儿没有扬山尼派；小山圣母修院的人根本不知道什么叫做扬山尼主义。"——"那才好呢；行啦，你有什么要求，我无不尽力。"他挺殷勤的送走了院长，把他忘得干干净净。

时间过得很快，院长和他的妹妹感到绝望了。

可是那该死的法官急于要替大戆儿子完婚，特意叫人把圣·伊佛接出修道院。她始终热爱她的干儿子，正如她始终痛恨人家派给她的丈夫。送进修道院的侮辱加增了她的热情。要她嫁给法官儿子的命令更是火上添油。怨恨，柔情，厌恶，搅乱了她的心。不用说，一个少女的爱情，比一个年老的院长和一个四十五岁以上的姑母的友谊，心思巧妙得多，胆子大得多。何况她在修道院中私下偷看的小说，也把她训练成熟了。

美丽的圣·伊佛想起宫中侍卫写到下布勒塔尼的信，地方上曾经喧传一时。她决定亲自到凡尔赛去探听消息：要是她的丈夫真如人家所说的关在牢里，她就跪在大臣们脚下替他伸冤。她不知怎么会感觉到，宫廷之中对一个美貌的姑娘是有求必应的，但没想到要付怎样的代价。

打定了主意，她觉得安慰了，放心了，便不再拒绝傻瓜的未婚夫；她也接待那可厌的公公，奉承她哥哥，在家里布满了愉快的空气；然后行礼那天，清早四点，她带着人家送的结婚礼物和手头所有的东西，偷偷的动身了。她布置周密，晌午时分已经走了四十多里，才有人走进她的卧房。大家吃了一惊，慌张到极点。法官那天所发的问题，超过了一星期的总数；傻新郎也比平时更傻了。圣·伊佛神甫大发雷霆，决意去追妹子。法官父子决意同行。于是大势所趋，下布勒塔尼那一郡的人物，几乎全体到了巴黎。

美丽的圣·伊佛料定有人追来的，她骑着马，一路很巧妙的打听那些快差，可曾遇到一个大胖神甫，一个高大非凡的法官和一个傻头傻脑的青年，往巴黎进发。第三天，听说他们离得不远了，她就换了一条路；靠着聪明和运气，居然到了凡尔赛；追蹑的人却扑到巴黎去寻找。

可是在凡尔赛又怎么办呢？年轻，貌美，一无指导，一无依傍，人地生疏，危险重重，怎么敢去找一个宫中的侍卫呢？她想出一个主意，去找一个地位卑微的耶稣会士。社会上既有不同等级的人，也就有不同等级的耶稣会士，正如他们说的，上帝拿不同的食物给不同的禽兽。上帝供给王上的是他的忏悔师拉·希士，凡是钻谋教职的人都称之为迦里甘教会的领袖。其次是公主们的忏悔师；王公大臣是没有忏悔师的，他们才不这么傻呢。此外还有平民百姓的耶稣会士，尤其是女用人们的耶稣会士，专向她们打听女主人的秘密的，而这就不是一件小差事。美丽的圣·伊佛去找的就是这样的一位，叫做万事灵神甫。她把事情和盘托出，说明身份，遭遇，眼前的危险，求他介绍一个虔诚的信女招留她住宿，免得歹人垂涎。

万事灵神甫带她到一个信女家里，是他最亲信的人，丈夫在御厨房当差的。圣·伊佛一到，立刻巴结女主人，赢得了她的信任和友谊。她打听那个当侍卫的布勒塔尼人，叫人把他请来。从他嘴里，她知道天真汉和秘书谈过话就被架走，便赶去见秘书：秘书一看见美人，心先就软了；的确，上帝造女人是专为制服男人的。

那官儿动了感情，把内情告诉她："你的爱人已经在巴斯蒂监狱待了一年多，要没有你，可能待上一辈子的。"多情的圣·伊佛晕过去了；等她醒来，那官儿又道："我没有力量做什么好事；我所有的权力只限于偶尔做几桩恶事。相信我的话，你应当去求能善能恶的圣·波安越先生，他是特·路伏大人的表弟和心腹。路伏大人有两个灵魂：一个是圣·波安越先生，另外一个是杜·勃洛阿太太；但她目前不在凡尔赛；你只能去央求我告诉你的那位大老。"

很少的一点快乐和无穷的痛苦，很少的一点希望和可怕的恐惧，把美人圣·伊佛的一颗心分做两半；她受着哥哥追蹑，心里疼着爱人，眼泪抹掉了又淌下来，打着哆嗦，身子都软瘫了；但她还是鼓足勇气，急忙奔去见圣·波安越先生。

第十四章

天真汉思想的进步

天真汉的各种学问都进步很快，尤其是研究人的学问。他的思想发展的迅速，一方面固由于他天生的性格，一方面也得力于他的野蛮人教育。因为从小失学，他没有学到一点儿偏见。见识不曾被错误的思想歪曲，至今很正确。他所看到的是事物的真相，不像我们由于从小接受的观念，终身都看到事物的幻象。他对他的朋友高尔同说："迫害你的人固然可恨，我为你受到压迫而惋惜，但也为你相信扬山尼主义而惋惜。我觉得一切宗派都是错误的结晶。你说几何学可有宗派吗？"高尔同叹道："没有的，亲爱的孩子；凡是有凭有据的真理，大家都毫无异议；但对于暗晦的真理，就意见分歧了。"——"暗晦的真理！还不如叫它做暗晦的错误。你们几百年来翻来覆去，搬弄一大堆论据；只要其中包含一项真理，便是单单一项吧，也早该发现了；全世界的人至少对这一点是应当同意的了。倘若这真理像太阳对土地一样不可缺少，那也会像太阳一样大放光明。谁要说有一项对人类极重要的真理，被上帝藏了起来，那简直是荒唐胡闹，简直是侮辱人类，侮辱那无穷无极，至高无上的主宰。"

这个无知的青年，完全是由良知良能教育出来的；他说的每句话，都在不幸的老学者心中留下深刻的印象。他叫道："我果真为了一些空想在这儿受罪吗？我自己的苦难，比特殊的恩宠确实多了。我一生都在研究神与人的自由，结果却丧失了我自己的自由；圣·奥古斯丁也罢，圣·普罗斯班也罢，都没法把我救出这个深坑。"

天真汉逞着性子，答道："让我说句大胆的话：为了宗派的无聊争执而受到迫害的人，都是痴愚的；因此而迫害别人的，都是魔王。"

两个囚徒都认为他们的监禁是不公平的。天真汉道："我还比你冤枉一百倍；我生下来无挂无碍，像空气一样自由；自由与爱人，是我的第二生命，现在全给剥夺了。我们俩关在牢里，不知道被关的理由，也不能问一问。我做了二十年休隆人，大家说他们野蛮，因为他们向敌人报复；但他们从来不压迫朋友。我才踏上法国土地就为法国流血；也许我救了一个省份呢，所得的酬报是给埋进这座活人的坟墓，要不是遇到你，我早气死了。难道这个国家没有法律吗？连问都不问一声就把人判罪吗？英国可不是这样的。啊！我跟英国人拼命真是错了。"可见基本权利受了损害，他那些初步的哲学思想也不能压制天性，只能听让他的义愤尽量发泄。

他的同伴对此并无异议。没有满足的爱情，往往因离别而格外热烈，便是哲学也冲淡不了。天真汉提到心爱的圣·伊佛的次数，和提到道德与玄学的次数一样多。情感越变得纯粹，他的爱越强烈。他看了几本新出的小说，很少有描写他那种心境的；觉得作品老是隔靴抓痒。他说："啊！这些作家几乎都只有思想和技巧。"最后，扬山尼派的老教士竟不知不觉的听他倾诉爱情了。以前他只知道爱情是桩罪孽，忏悔的时候拿来责备自己的，现在才慢慢体会到，爱情之中高尚的成分不亚于温柔的成分，使人向上的力量不亚于使人萎靡的力量，有时还能激发别的美德。总之，一个扬山尼派信徒居然受了一个休隆人的感化；这也不能不说是个奇迹。

第十五章

美丽的圣·伊佛不接受暧昧的条件

美丽的圣·伊佛比她的爱人更多情，教招留她的女主人陪着去见圣·波安越先生；两个妇女都用头巾蒙着脸。到门口，一眼就看见她的哥哥圣·伊佛神甫从里面出来。她胆怯了；那位虔诚的女友安了她的心，说道："正因为人家说了不利于你的话，你非辩白不可。告诉你，倘若不赶紧揭穿，总是告状的人有理：这是此地的风气。而且除非我眼睛瞎了，你的品貌就比你哥哥的话灵验得多。"

一个热情的爱人只需要一点儿鼓励就变得勇猛无比。当下圣·伊佛就要人通报。她的青春，她的风韵，她的温柔的，沾着几滴泪珠的眼睛，吸住了众人的目光。趋炎附势的朝臣，只顾欣赏美丽的女神，暂时忘了权势的偶像。圣·波安越把她召入办公室；她说话又有感情又有风度。圣·波安越觉得被她感动了。她战栗不已，他安慰她说："你晚上再来；这件案子需要从长计议，从容不迫的谈一谈。这儿人太多，会客的时间太匆促。关于你的问题，我要跟你彻底谈一下。"随后又把她的美貌和感情夸奖了一阵，吩咐她晚上七点再来。

她当然不会失约，那位信女仍旧陪着同来，但她在客厅里拿一本《基督教教育》念着，圣·波安越和美丽的圣·伊佛两人却厮守在后面的小房间里。那大人物先说："小姐，你想得到吗，你的哥哥来要求下一道密诏把你关起来？老实说，我倒很想发一道密诏，勒令他回下布勒塔尼去呢。"——"哎啊！先生，衙门里对于密诏原来这样慷慨，所以人家从内地赶来请求，像求什么恩俸一般！我决不要求用密诏压制我的哥哥。他对不起我的地方很多，可是我尊重人家的自由；现在我就要求恢复我未婚夫的自由。他替王上保住了一个省份，将来还可以替王上出力，他的父亲又是一个殉职的军官。他有什么罪名？怎么能不经审问就对他这样残酷呢？"

于是大臣给她看耶稣会间谍和法官的信。她道："怎么！世界上竟会有这种禽兽！他们还要逼我嫁给一个可笑而凶恶的人的可笑的儿子！你们原来凭这种意见，决定老百姓的命运的！"她跪在地下，哭哭啼啼，要求把疼爱她的人释放。那时她的风韵愈加动人了。她的美貌使圣·波安越忘了羞耻，暗示她的愿望不难实现，只要把她留给爱人的第一批花果，先送给他。圣·伊佛又怕又羞，装了半天傻，只做不懂；圣·波安越只得把意思解释的更清楚一些。先是还含蓄的字眼，接着换了一个明显的，再换了一个露骨的。他不但应允撤回密诏，还许下酬报，赏金，荣衔，爵禄；而许的愿越多，希望人家接受的心就越迫切。

圣·伊佛哭着，气塞住了，上半身仰在一张沙发里，竟不敢相信自己的所见所闻。那时轮到圣·波安越下跪了。他人品不俗，换了一个不是这么固执的女人，也不至于见了他惊慌。但圣·伊佛对情人敬爱备至，觉得为了帮助他而欺骗他是罪大恶极的丑行。圣·波安越的要求和许愿愈加迫切了。临了他神魂颠倒，甚至于声明，要把她如此关心如此热爱的男人援救出狱，只此一法。那个离奇的谈判老是谈不完。等在外边的信女念着《基督教教育》，想道："天哪！他们有什么事直要消磨两个钟点呢？圣·波安越大人会客从来没这样长久的；大概他一口回绝了可怜的姑娘，所以她还在那里哀求罢。"

终于她的同伴走出小房间，神色紧张，话都说不出，只想着那些大小要人的品格，好轻易的牺牲男人的自由和女人的名节。

路上她一言不发。回到女友家中，她冤气冲天，把事情全说了。信女大开大阖的画了好几个十字，说道："好朋友，明天就得去请教我们的忏悔师万事灵神甫，他是圣·波安越先生面前的红人；他府上好几个女用人都是向他忏悔的；他又有道行，又很随和，大家闺秀也有请教他的。你完全相信他好了，我一向都是这样的，结果百事顺利。我们女人都是可怜虫，必须有个男人带领。"——"好罢！亲爱的朋友，明天我就找万事灵神甫。"

第十六章

她去请教一个耶稣会士

美丽而伤心的圣·伊佛一见她慈悲的忏悔师，立即告诉他，一个有权有势的好色之徒向她提议，可以把她名正言顺的未婚夫释放出狱，但要一个很高的代价；她痛恨这种不贞的行为；倘若只牵涉她自己的性命，她是宁死不屈的。

万事灵神甫对她说："啊！这不是一个十恶不赦的罪人吗？你应当告诉我这恶棍的名字，准是个扬山尼派；我要向拉·希士神甫检举，送他到那个应当和你结婚的男人住的地方去。"可怜的姑娘踌躇不决，为难了半日，终于说出圣·波安越的名字。

耶稣会士嚷道："圣·波安越大人！啊！孩子，那事情可不同了；他是我们从来未有的，最了不起的大臣的表弟，是个正人君子，护法大家，地道的基督徒；他不会有这种念头的，想必你听错了。"——"啊！神甫，我听得太明白了；不论我怎么办，反正是完了；苦难和耻辱，我必须挑一样；不是我的爱人活埋一辈子，便是我不配再活在世界上。我不能断送他，又不能救他。"

万事灵神甫用下面一番好话安慰她：

"孩子，第一，我的爱人这句话是说不得的：那颇有轻薄意味，可能得罪上帝；你应当说你的丈夫：虽然他还不是你的丈夫，你不妨把他这样看待，这完全是合乎体统的。

"第二，虽则在思想方面，希望方面，他是你的配偶，事实上并不是：因此你不会犯奸淫之罪；奸淫才是极大的罪孽，应当尽可能的避免。

"第三，倘若用意纯洁，行动就不成其为罪恶；而世界上没有一件事，比救你丈夫更纯洁的了。

"第四，圣洁的古代有个现成的例子，做你行事的榜样再好没有。圣·奥古斯丁讲到公元三四〇年的时候，在罗马总督塞普蒂缪斯·阿桑第奴斯治下，有个可怜的人欠了债，还不出，判了死刑，那当然天公地道，虽则有句古话说：碰到穷光蛋，王上也没办法。欠的数目是一块金洋；罪犯有个妻子，蒙上帝恩惠，既有姿色，又有贤德。一个有钱的老人答应送一块金洋给那位太太，甚至还可以多送些，条件是要她犯那个不贞之罪。她觉得要救丈夫性命，那就不能算做坏事。圣·奥古斯丁对于她慷慨而隐忍的行为非常赞许。固然那有钱的老人骗了她，丈夫或许仍不免于一死；可是她总是尽力救过他了。

"孩子，你可以相信我，要不是圣·奥古斯丁理由充足，一个耶稣会士决不肯引证他的。我不替你出一点儿主意；你是聪明人；我料定你能帮助丈夫。圣·波安越大人是个诚实君子，决不会欺骗你；我能告诉你的只有这一点；我要替你祈祷，希望事情的发展能增加主的荣耀。"

　　美人圣·伊佛听了耶稣会士这篇议论，和听了秘书大人的提议同样惊骇，慌慌张张的回到女朋友家。要不让心疼的爱人幽禁下去，就得含羞蒙垢，把她最宝贵的，只应该属于那苦命情人的东西牺牲：在这个可怕的局面之下，她甚至想自杀了。

第十七章

她为了贤德而屈服

她求她的女朋友把她杀死；但这位太太宽恕罪恶的雅量可以与耶稣会士媲美，对她说的更露骨了。她道："唉！在这个多可爱，多风流，多出名的宫廷中，很少事情不经过这一关的。从最低微到最重要的职位，大半要用人家向你勒索的代价去买的。听我说，我把你当做朋友，当做知己：老实告诉你，倘若我跟你一样严格，我丈夫就弄不到这个小小的差事养家活口；他明明知道，不但不生气，反而把我当做他的恩人，认为他是我一手提拔的。在外省当督抚的，甚至于带兵的将领，你以为他们的官运财运都是凭功劳得来的吗？许多是仰仗他们夫人的大力。军人的爵位是用爱情去钻谋的；妻室最漂亮的丈夫才有官做。

"你的情形更是出入重大；主要是救你的爱人出狱，和他结婚；这是你神圣的责任，非尽不可。我刚才提的那些名媛淑女，从来没有人责备；至于你，大家只会对你喝彩，说你是因为德行超群才失身的。"美丽的圣·伊佛嚷道："啊！德行！德行！什么德行啊！伤风败俗！还成什么世界！想不到人是这样的东西！一个拉·希士神甫跟一个可笑的法官，把我的爱人送进监狱；我的家属把我虐待；患难之中只有想把我玷污的人才肯来帮助我。一个耶稣会士已经断送了一条好汉，另外一个耶稣会士还想来断送我。四面八方布满了陷阱，我马上要掉入火坑了。我不是自杀就是告御状，等王上出来望弥撒或是看戏的时候，扑在他脚下。"

那好朋友对她道："你没法走近的；即使有机会开口了，你也更倒楣：特·路伏大人和拉·希士神甫可能送你进修道院，关你一辈子。"

好心的女人使悲痛绝望的圣·伊佛越加慌忙失措，心如刀割。那时忽然来了一名当差，带着圣·波安越先生的一封信和一对美丽的耳环。圣·伊佛哭作一团，把东西扔在地下，可是女朋友代她收下了。

信差刚走，那位知心朋友就看了信，信中请两位女友当天晚上去小酌。圣·伊佛赌咒不去。虔诚的太太要替她试那副钻石耳环；圣·伊佛拒绝了，心中七上八下，交战了一天。最后，她一心只想着爱人，打败了，动摇了，也不知人家把她带往哪儿，竟跟着去吃那顿凶多吉少的夜饭。她无论如何不肯戴那耳环；好朋友揣在怀里，坐席之前硬替她戴上了。圣·伊佛昏昏沉沉，心乱如麻，只是听人摆布；主人却认为是好兆。席终，好朋友很识趣的告退了。主人拿出撤销密诏的公事，批准巨额赏金的文书，上尉的委任状，还毫不吝惜的许下不少愿。圣·伊佛对他道："啊！要是您不这样急切的求爱，我倒可能爱您呢。"

临了，经过长久的抗拒，啼哭，叫喊，挣扎得四肢无力，惊骇万状，快死过去了，只得投降。残忍的汉子利用她迫不得已的处境，尽情享受，她唯一的办法却是逼着自己只想着天真汉。

第十八章

她救出了她的爱人
和扬山尼派教士

天刚亮，她带着大臣的命令，飞一般的赶往巴黎。一路上的心情真是难以描写。我们只能想象一下：一个贞洁高尚的女子，受了玷污，抱着热爱，一方面因为欺骗了情人而悔恨不已，一方面因为能去救出情人而欣喜欲狂。她的悲痛，斗争，成功，同时成为她感想的一部分。她原来受着内地教育，头脑狭窄，现在可不是一个这样简单的女子了。经过了爱情与苦难，她长成了。感情促成她的进步，不输于理智促成她不幸的爱人思想上的进步。少女要懂得感受，比男人要学会思想容易得多。她从经历中得来的知识，远过于四年修道院教育。

她衣著极其朴素。隔天去见恶魔般的恩主的打扮，她看了只觉得恶心；她拿耳环丢给女朋友，看都没看。又羞愧又高兴，爱着天真汉，恨着自己，她终于到了：

那可怕的碉堡，复仇的古宫，

罪人与无辜，往往是兼收并容①。

下车的时候，她没有气力了，只能由人搀扶；她走进监狱，心忐忑的跳着，含着眼泪，神色慌张。她见了典狱官想说话，可喊不出声音；她掏出命令，勉强说了几个字。典狱官很喜欢他的囚徒，看到他释放挺高兴。他的心并没变硬，不像那些当狱吏的高贵的同事，一心只想着看守囚犯的酬报，从犯人身上发财，靠别人的灾难吃饭，看了可怜虫的眼泪暗中欢喜。

---

① 引自作者所著史诗《亨利阿特》第四首第五节。

典狱官叫人把囚徒唤到自己屋里。两个爱人相见之下，都晕过去了。美丽的圣·伊佛半晌不省人事。还是天真汉使她重新鼓起了勇气。典狱官对他道："这位大概是你的太太了；你从来没有说结过婚。听说你的释放全靠她的热心奔走。"圣·伊佛声音发抖，说道："啊！我不配做他的妻子，"说着又晕厥了。

她苏醒以后，始终打着哆嗦，拿出批准赏金的文书和上尉的证件。天真汉又惊异又感动；他觉得一个梦刚醒，又做了一个梦。"为什么我关在这里的？你怎么能救我出来？送我来的那些野兽在哪儿？你简直是一个女神，从天上降下来救我的。"

美丽的圣·伊佛低着头，瞧着爱人，脸红了，把湿漉漉的眼睛转向别处。然后她把自己所知道的，经历的，都说出来，只除了一件，那是她要永远瞒着的；其实换了别人，一个不像天真汉那么不通世故，不知道宫廷风气的男人，也很容易猜到的了。

"一个像法官那样的混蛋，竟有权力剥夺我的自由！啊！我看清楚了，真有些人和最恶毒的野兽一样；他们都会害人的。可是一个修道的人，耶稣会的教士，王上的忏悔师，也会和那法官一样促成我的不幸吗？我竟想不出那可恶的坏蛋有什么罪名诬陷我，莫非告我是扬山尼派吗？再说，你怎么不忘记我呢？我又不值得你想起，当时我不过是个蛮子。怎么！你没人指导，没人帮助，居然敢到凡尔赛？而你一到那里，人家就开了我的枷锁！可知美貌与贤德真有天大的魔力，能够撞开铁门，把那些铁石心肠都感动了！"

听到贤德二字，美丽的圣·伊佛不禁嚎啕大哭。她没想到犯了自己悔恨不已的罪恶，仍不失其为贤德。

她的爱人又道："斩断我枷锁的天使，你既然有多么大的面子替我伸冤——我还不明白是怎么回事呢——希望你也替一个老人伸冤；他是第一个教我用思想的，正如你是教我懂得爱情的。我们是患难之交；我爱他像父亲一般，我少不了你，也少不了他。"

"要我，要我再去找那个……"——"是的，我要所有的恩典都得之于你，永远只得之于你：请你写信给那个大人物，你给我恩惠就给到底罢，把你已经开始的功德，把你的奇迹做圆满了罢。"她觉得情人要她做的事都应当做，便拿起笔来，可是手不听指挥。信写了三次，撕了三次，才写成。两个爱人和那个为恩宠而殉道的老人拥抱了，走出监狱。

圣·伊佛悲喜交集；她知道哥哥的住址，便直奔那儿；她的爱人也在那屋子里租了一个房间。

他们才到，她的保护人已经把释放高尔同老人的命令送达，又约她下一天相会。可见她每做一桩热心而正当的事，就得拿她的名节付一次代价。这种出卖祸福的风气，她深恶痛绝。她拿释放的命令递给爱人，拒绝了约会：要她再见到那个恩主，她会痛苦死的，羞愧死的。天真汉除了去解救朋友，再也舍不得离开她。他马上赶去，一路想着这个世界上奇奇怪怪的事，同时又佩服少女的勇敢，居然使两个苦命的人能够重见天日。

第十九章

天真汉，美人圣·伊佛，与他们的家属相会

侠义可敬的不贞的女子，见到了她的哥哥圣·伊佛神甫，小山修院的院长和甘嘉篷小姐。大家都很诧异，可是处境与感情各各不同。圣·伊佛神甫倒在妹子脚下，哭着认错，她原谅了他。院长和他多情的妹妹也哭了，但他们是喜极而哭。卑鄙的法官和那讨人厌的儿子，并没在场破坏这动人的一幕。他们一听见敌人出狱的消息就动身，把他们的胡作非为和惊惶恐惧，一齐带着躲到内地去了。

四个人等天真汉陪他的难友回来；各人心中不知有多少情绪在激动。圣·伊佛神甫不敢在妹子前面抬

头；好心的甘嘉篷小姐说道："噢！我真的还能见到我心疼的侄儿吗？"可爱的圣·伊佛答道："真的；可是他已经变了一个人；他的姿态，口吻，思想，头脑，一切都变了；他从前怎样的幼稚无知，现在便是怎样的老成持重。他将来一定是府上的光荣，能安慰你们的；可惜我不能为我的家庭增光！"院长道："你也不同了；什么事会使你有这样大的变化呢？"

说话之间，天真汉到了，一手挽着他的扬山尼派教士。当下又换了一个更动人的场面。叔父与姑母拥抱了侄子。圣·伊佛神甫差点儿对已经不天真的天真汉跪下来。两个爱人眉目之间传递他们内心的种种感情。一个在面上表示出满足和感激，一个在温柔而怅惘的眼中表示局促不安。大家奇怪，为什么她有了天大的快乐还要羼入些痛苦。

高尔同老人很快就博得全家的喜欢。他曾经和青年囚徒一同受难，这便是值得敬爱的理由。他的释放是靠了两个爱人的力量，单为这一点，他便不再排斥爱情，不再存着以前那种冷酷的见解。他和休隆人一样恢复了人性。晚饭之前，各人讲着各人的遭遇。两位神甫，一位姑母，仿佛孩子们听着死去还阳的人说故事；并且成年人对多灾多难的历史也极感兴趣。高尔同道："可怜，现在也许还有五百个正直的人，带着圣·伊佛小姐替我们斩断的枷锁：他们的苦难是无人知道的。打击可怜虫的魔掌到处都是，肯救人水火的真是太少了。"这番真切的感想越发加增了他的同情和感激，越发显出美人圣·伊佛的功劳；人人佩服她心灵伟大，意志坚决。钦佩中间还带些敬意：对一个公认为在朝廷上有势力的人物，这也是应有之事。但圣·伊佛神甫一再说着："我妹妹怎么一眨眼就能有这样大的面子呢？"

他们正预备提早吃饭，不料凡尔赛的那位好朋友赶来了，完全不知道经过情形。她坐着六匹马的轿车，一望而知是谁的车辆。她摆着一副朝廷命妇，公事在身的神气，进来对众人略微点点头，把美丽的圣·伊佛拉过一边，说道："为什么你教人等得这么久呢？跟我去罢；你忘了的钻石，我带来了。"她说话的声音并不很低，天真汉都听见了，也看到了钻石；做哥哥的不禁为之一怔；叔叔和姑母见到这种贵重的饰物，像乡下人一样的惊奇。天真汉经过一年的深思默想，已经成熟了，不由得想了想，紧张了一下。圣·伊佛发觉了，俊美的脸马上白得像死人一般，打了个寒噤，几乎支持不住。她对那催命的朋友说道："啊！太太，你把我断送了！你要我的命了！"这两句话直刺到天真汉心里；但他已经懂得克制，当场并不追究，生怕在她哥哥面前引起她的不安；可是他和她同样的面如死灰。

圣·伊佛看到爱人变色，不禁心慌意乱，扯着那女的到房间外面一条狭窄的过道里，把钻石扔在地下，说道："啊！你明明知道，我不是为了这种东西失身的；给这东西的人休想再见到我。"女朋友捡了钻石，圣·伊佛又补上一句："他收回也罢，给你也罢；

可别再勾起我对自己的羞愤。"说客只得回去，弄不明白她为什么心中悔恨。

美丽的圣·伊佛呼吸艰难，只觉得身心骚动，气都喘不过来，只能躺上床去；但免得众人惊慌，她绝口不提自己的痛楚，只推说身子累了，需要休息，希望大家原谅。临走她先用一番温存的话安了众人的心，又向情人丢了几个眼风，更煽动了他的热情。

没有她在座，桌上先是冷清清的，但那种冷落的空气使彼此能亲切交谈，比着一般人喜欢的、无聊的热闹而往往只是可厌的喧哗，高雅多了。

高尔同三言两语，说出扬山尼派和莫利尼派①的历史，两个宗派的互相迫害和同样固执的性格。天真汉批评了一番，说人类为了利害关系已经争执不休，还嫌不够，再为些虚幻的利益，荒谬的理论，造出一些新的痛苦，未免太可怜了。高尔同只管叙述，天真汉只管批评；同桌的人很兴奋的听着，颇有感悟。大家

---

① 莫利尼派为耶稣会中的一支，十六世纪时由耶稣会神学家莫利尼创立，以调和人的自由与神的恩宠为主要学说。

谈到苦多乐少，人寿短促；发觉每一个职业都有它的恶习与危险；上至王公，下至乞丐，似乎都在怨命。而世界上竟有这许多人，为了这么一点儿钱，愿意替别人当凶犯，做走狗，做刽子手，这是怎么回事呢？一个当权的人，居然会毫无心肝，签署文书，毁灭整个的家庭！还有那些佣兵，存着多野蛮的，兴高采烈的心，去代他们执行！

高尔同老人说道："我年轻的时候，看到特·玛里阿克元帅①的一个亲戚，受着元帅牵连，在本省被通缉，便隐姓埋名，躲在巴黎。他已经有七十二岁，陪着他的妻子年龄也相仿。他们有一个荒唐的儿子，十四岁上逃出家庭，投军，逃亡，堕落与潦倒的阶段都经历过了；然后把本乡的地名做了他的姓，进了红衣主教黎希留的卫队（这位神甫和玛查兰都有卫队的），在那群走狗中当排长。有一天，浪子奉令去逮捕那对老夫妇；执行的时候，像一个急于巴结上司的人一样

---

① 路易·特·玛里阿克元帅（一五七二～一六三二）于推翻权相黎希留一案中被株连，判处死刑。

狠心。他一路押送，一路听两老诉说他们的苦难，从摇篮时代起不知受了多多少少。两人认为最不幸的事情里头，有一桩是儿子的失踪。他跟他们相认了，但照旧把他们送进监狱，告诉他们说报效相爷比什么都重要。事后，相爷果然不辜负他的一片忠心。

"我也看到拉·希士神甫的一个间谍出卖他的亲兄弟，因为要谋一个小缺，结果却并没到手；我看着他死的，并非为了悔恨，却是因为受了耶稣会士的骗而气死的。

"我当过多年忏悔师，看到不少家庭的内幕；外表很快乐而内里不是伤心悲痛的人家，是难得遇到的；据我观察，最大的痛苦往往是贪得无厌的结果。"

天真汉道："我吗，我觉得一个心胸高尚，有情有义的人，可能把日子过得快快活活的；我相信跟豪侠而美丽的圣·伊佛小姐在一起，一定能享受美满的幸福。因为……"他又堆着亲切的笑容向着圣·伊佛神甫说："因为我希望，你不会再像去年那样拒绝我，而我的行事也要更文雅些。"神甫对过去的事忙着道歉，又竭力担保以后的感情。

做叔叔的说，那一定是他一生最得意的日子。好心的姑母恍恍惚惚的出神了，快乐得哭了，她道："我早说过你永远不会做修士的；现在这个圣礼比那个更有意思；但愿上帝保佑我能够参加！我将来要做你的妈妈呢！"随后大家争着赞美多情的圣·伊佛小姐。

天真汉一心只想着她的恩典，他的爱情也不让那件钻石的事在心中留下深刻的印象。但他分明听到的你要我的命了那句话，还使他暗中害怕，把他的快乐破坏了；同时，情人所受到的赞美，更加强了他心里的爱。众人的关切，渐渐的都集中在她一人身上；他们只谈着两个爱人应当享受的幸福；还做种种打算，怎样的一同住在巴黎，怎样的经营产业；总而言之，只要一点儿幸福的微光所能引起的希望，他们都用来陶醉自己。但天真汉内心有种说不出的感觉，认为那些希望全是空的。他又看了看圣·波安越签署的文书，特·路伏颁发的委任状。大家把这两个人物的真性格，至少是他们信以为真的，讲给他听。每个人都毫无顾忌的谈论大臣，谈论衙门；法国人觉得在尘世所能享受的最宝贵的自由，就是这种饭桌上的言论自由。

天真汉道："我要是做了法国的国王，我挑选的陆军大臣，一定要一个门第最高的人，因为这样他才能对贵族发号施令。我要他行伍出身，当过军官，至少做到陆军中将，而有资格当元帅的；他不内行怎么能尽职呢？一个和小兵一样立过战功的军人，比一个无论如何聪明，至多对作战只能猜到一个大概的阁员，不是更加能使将帅用命吗？要是我的陆军大臣慷慨豪爽，我决不生气，虽然财政大臣有时可能为难。我希望他办事敏捷，还得性情快活；这是对工作胜任愉快的人的特点，不但老百姓欢迎，而且他也不觉得公事繁重。"天真汉喜欢一个陆军大臣有这种脾气，因为他一向觉得心情开朗的人决不会残酷。

特·路伏大人或许不能符合天真汉的愿望；他的长处是另外一种。

他们正在吃饭，可怜的姑娘病势转重了：她的血像火一般烧起来，发着高热，很痛苦，但忍着不说，免得使吃饭的人扫兴。

她的哥哥知道她没睡着，到她床头来，一看病势，大吃一惊。别人也赶来了；爱人跟在哥哥后面。当然他是最惊慌最感动的一个；但他除了许多优美的天赋以外，又学会了谨慎持重。

他们立即找了一个附近的医生。世界上有一等行医的，出诊像走马看花，把前后两个病人的病都搅在一起，闭着眼睛乱用他的医道，殊不知这门学术的不可靠和危险性，便是考虑周详，精细无比的头脑也不能完全避免。当时请来的便是这样的一位。他匆匆处方，开了几味时髦的药，更加重了病症。原来连医学也讲起时髦来了！这种风气在巴黎真是太普遍了。

除了医生以外，悲伤过度的圣·伊佛，自己把病势更推进一步。她的灵魂正在毁灭她的肉体。在她心头骚动的无数的思念灌到血管中的毒素，比最厉害的热度还要危险。

第二十章

美人圣·伊佛之死和死后的情形

他们又另外请了一个医生。年轻人的器官都生机极旺，照理只要扶养本元，帮助它发挥力量就行；但那医生不这么做，只忙着跟他的同业对抗，另走极端。两天之内，她的病竟有了性命之忧。据说头脑是理智的中枢，心是感情的中枢：圣·伊佛的头脑与心同样受了重伤。

"由于哪种不可思议的关系，人的器官会受感情与思想节制的呢？一个痛苦的念头怎么就能改变血液的流动，血流的不正常又怎么能回过来影响头脑？这种不可知的，但是确实存在的液体，比光还要迅速，还要活跃，一眨眼就流遍全身的脉络，产生感觉，记忆，悲哀，快乐，清醒或昏迷的状态，把我们竭力要忘掉的事唤回来，令人毛骨悚然，把一个有思想的动物或是变做大家赞赏的对象，或是变做可怜可泣的对象：这液体究竟是什么东西呢？"

这是高尔同说的话，这是极自然而一般人难得有的感想；但他并不因此减少心中的感动；他不像那般可怜的哲学家竭力教自己麻木。他看了这姑娘的苦命非常难过，好比一个父亲眼看心疼的孩子慢慢死去。圣·伊佛神甫痛不欲生，院长兄妹泪如泉涌。但谁能描写她爱人的心情呢？无论哪种语言都表达不出他极度的痛苦。语言是太不完全了。

姑母差不多要死过去了，她把软弱无力的手臂抱着垂死的圣·伊佛的头。哥哥跪在床前。爱人紧紧握着她的手洒满了眼泪，放声大哭。他把她叫做他的恩人，他的希望，他自己的一部分，他的情人，他的妻子。听到妻子两字，她叹了口气，一双眼睛不胜温柔的瞅着他，突然惨叫一声；然后，在那些神智清醒，痛苦停止，心灵的自由与精力暂时恢复一下的期间，嚷道："我，我还能做你妻子吗？啊！亲爱的爱人，妻子这个词儿，这个福气，这个酬报，轮不到我的了；我要死了，而这也是我咎由自取。噢！我心中的上帝！我为了地狱里的恶魔把你牺牲了；完啦完啦，我受了惩罚，但愿你快快乐乐的活下去。"没有人懂得这几句温柔而沉痛的话；大家只觉得害怕，感动。可是她还有勇气加以说明。在场的人听了每个字都觉得诧异，痛苦，同情，以至于浑身打战；他们一致痛恨那个要人，用十恶不赦的罪行来平反暗无天日的冤狱，拖一个清白无辜的人下水，做他的共谋犯。

"你？你有罪吗？"她的爱人对她道，"不，你不是罪人；罪恶在于心：你的心只知道有德，只知道有我。"

他说了许多话，证实他的感想；美丽的圣·伊佛仿佛有了一线生机。她觉得安慰了，奇怪他怎么照旧会爱她。高尔同老人在只信扬山尼主义的时代，可能认为她有罪的；但既然变得通达了，也就敬重她了，他也哭了。

大家提心吊胆，流了不知多少眼泪，为这个人人疼爱的姑娘着急；那时忽然来了一名宫里的信差。噢！信差！谁派来的？有什么事呀？原来他奉了内廷忏悔师的命，来找小山修院院长；信上出面的并非拉·希士神甫，而是他的侍从华特勃兰特修士：他是当时的红人，向总主教们传达拉·希士神甫的意旨，代见宾客，分派教职，偶尔也颁发几道密诏的。他写信给小山修院院长说，拉·希士神甫大人已经知道他侄子的情形，他的监禁是出于误会，这一类小小的失意事儿是常有的，不必介怀。希望院长下一天带着侄子和高尔同老人同去，由他华特勃兰特修士陪着去见拉·希士神甫，见特·路伏大人，特·路伏大人可能在穿堂里和他们说几句话的。

他又补充说，天真汉的历史和击退英国人的事都已奏明王上，王上在内廊散步的时候，准会瞧他一眼，也许还会对他点首为礼。信末又加上几句奉承话，说宫中的太太们大概要在梳妆时间召见他的侄儿，好几位可能这样招呼他：天真汉先生，你好！王上进晚膳的时候，也一定会谈到他。信末的署名是，你的亲切的，耶稣会修士华特勃兰特。

院长高声念着信；他的侄子气坏了，但还捺着怒气，对信差一言不发，只转身问他的难友对这种手段作何感想。高尔同答道："他们把人当做猴子！打了一顿，再叫它跳舞。"一个人感情激动之下，难免不露出本性来；因此天真汉突然把信撕做几片，摔在信差面上，说道："这就是我的回信。"叔叔吓得好像挨了天打雷劈，一刹那有了几十道密诏落在头上。他忙去写回信，还再三向来人道歉；他以为这是青年人闹脾气，其实只有伟大的心灵才能发这种神威。

各人心中还有更大的痛苦和忧急。美丽而不幸的圣·伊佛觉得命在顷刻了；她很安静，但那是一种可怕的安静，表示元气衰弱，没有气力再挣扎了。她声音发抖的说道："亲爱的情人！我不够坚贞，死了也是罪有应得。可是看到你恢复自由，我也瞑目了。我欺骗你的时候，心里疼着你；现在和你诀别，心里也是疼你。"

她并不装出视死如归的神气，不想要那种可怜的名声，让邻居们说什么：她死得很勇敢。二十岁上丢了爱人，丢了生命，丢了所谓名节，要毫无遗恨，毫不痛心，谁办得到呢？她完全感觉到自己的遭遇之惨；临终的话，多么动人的垂死的眼神，都表现出这个情绪。她趁自己还有气力哭的时候，也像别人一样哭了。

有的人临终会满不在乎的看着自己毁灭，谁要愿意赞美这种高傲的死，尽管去赞美罢；那是一切动物的结局。要我们像动物一样无知无觉的死，除非年龄或疾病把我们的感觉磨得跟它们一样麻痹。一个人捐弃世界，必然遗憾无穷；要是硬压下去，他一定是到了死神怀抱里还免不了虚荣。

最后的时间到了，在场的人一齐大哭大嚷。天真汉失去了知觉。天性强的人，比多情的普通人感情更猛烈。高尔同很知道他的性格，怕他醒过来自杀，把武器都拿开了。可怜的青年发觉了；他不哭不喊，静静的对他的家属和高尔同说："我要结束生命的时候，你们以为有人阻止得了吗？谁有权利，谁有能力来阻止？"高尔同决不搬出滥调来，说什么一个人在痛苦难忍的关头不应当轻生，屋子没法住下去也不准走出屋子，人在世界上应当像兵士站岗一般：仿佛由一些物质凑成的躯体放在这儿或那儿，对于上帝真有重大的关系似的；这些不充足的理由，一个坚决的，有头脑的绝望的人，就不屑一听，而加东的答复更是干干脆脆的一刀了事①。

天真汉沉着脸，一声不出，眼睛阴森森的，嘴唇哆嗦，浑身发抖，看到他的人都有种可怜而又可怕的感觉，觉得一筹莫展，话也无从说起，只能断断续续吐

———————

① 加东（Marcus Porcius Caton）为公元一世纪时罗马将军，在西西利战败后被囚，因而自杀。

出几个字。屋子的女主人和天真汉的家属都跑来了，看着他的悲痛不免心惊胆战，时时刻刻防着他，监视他所有的动作。圣·伊佛的尸体已经不在爱人面前，抬到一间低矮的堂屋中去了；但爱人的眼睛似乎还在那里搜寻，虽则事实上他昏昏沉沉，什么也看不见。

遗体放在大门口，两个教士在圣水缸旁边心不在焉的念着祷文，过路人有的顺手往棺材上洒几滴圣水，有的不关痛痒的走过去了，死者的亲属流着眼泪，爱人只想自杀：就在这初丧的场面中，圣·波安越带着凡尔赛的女朋友赶到了。

他的一时之兴因为只满足了一次，竟变做了爱情。不收礼物对他更是一种刺激。拉·希士神甫决不会想到这儿来的；但圣·波安越每天都看到圣·伊佛的影子，仅仅一次的欢娱挑起了他的情欲，渴求满足；因此他毫不踌躇，亲自来找她了；倘若她自己上门，要不了三次，他早厌倦了。

他下车看到一口棺材，立即掉过头去；那种厌恶表示他在欢乐场中过惯了，觉得一切不愉快的景象都不该放在他面前，免得引起生老病死的感触。他正要上楼；凡尔赛的女朋友一时好奇，打听死的是谁；一知道是圣·伊佛小姐，她马上脸色发白，惨叫一声；圣·波安越回过身来，又诧异，又难过。慈祥的高尔同，正噙着眼泪，很伤心的做着祈祷。他停下来，把这件惨事从头至尾讲给那位大老听，痛苦与德行，增加了他说话的力量。圣·波安越并非天生的恶人；繁忙的公事与享乐，像潮水般淹没了他的灵魂，至此为止他还没认识自己呢。一般的王公大臣，年纪老了往往会心肠变硬；圣·波安越还年轻。他低着眼睛听着高尔同，自己也奇怪居然会掉下几滴眼泪；他后悔了。

他道："你说的那个了不起的男人，和我一手断送的纯洁的女子，差不多使我一样感动；我非见见他不可。"高尔同跟着他到屋子里。院长，甘嘉篷小姐，圣·伊佛神甫，还有几个邻居，都在救护一再晕厥的青年。

　　秘书对他说："我造成了你的不幸，我一定要补赎。"天真汉第一个念头是杀了他再自杀。这是最恰当不过的办法；无奈他手无寸铁，又受着监视。圣·波安越遭到众人的拒绝，责备，厌恶；那都是咎有应得，他也并不生气。时间久了，一切都缓和下来。后来由于特·路伏大人的提拔，天真汉成为一个优秀的军官，得到正人君子的赞许。他在巴黎和军队中另外取了个名字。他是个勇敢的军人，同时也是个不屈不挠的哲学家。

　　他讲起这件事，老是不胜悲痛；但讲出来对他倒是一种安慰。他到死也没忘了多情的圣·伊佛。圣·伊佛神甫和院长，每人得到一个收入优厚的教职；甘嘉篷小姐觉得侄儿当军人比当修士体面多了。凡尔赛的那位信女除了钻石耳环，还到手另外一件漂亮礼物。万事灵神甫收到几匣巧克力，咖啡，糖食，蜜渍柠檬，和两部摩洛哥皮精装的书，一部叫做《克罗赛神甫的默想》，一部叫做《圣徒之花》。好好先生高尔同和天真汉住在一起，到老都交情极密。他也得了一个教职，把特殊的恩宠和诸如此类的理论，统统忘了。他所采取的箴言是：患难未始于人无益。可是世界上多少好人都觉得患难于人一无裨益！

一九五四年八月　译

一个善良的婆罗门僧的故事

我游历期间遇到一个婆罗门老僧，极其明理，极有才智，非常博学；并且家财富有，所以他更其明理；因为一无所缺，他不需要欺骗人。三位美丽的太太一心一意的讨他喜欢，把家管得很好；他不是跟太太们取乐，就是谈玄说理。

在他那所又美，又有陈设，又有可爱的园亭的屋子旁边，住着一个印度老婆子，顽固，愚蠢，而且很穷。

有一天婆罗门僧对我说："我但愿没有生下来！"我问他缘故，他答道："我研究了四十年学问，四十年光阴就是白费的；我教导别人，自己却一无所知；这个情形使我只觉得屈辱，厌恶，简直活不下去。我生在世上，一年一年活着，却不知什么叫做时间；我像我们的哲人说的，处在两个无穷之间的一个瞬间，而我对于无穷没一点儿概念；我这人是物质组成的；我能思想，可从来没研究出思想是如何产生的；我不知道我的悟性是不是身上一个简单的机能，像走路和肠胃的消化一样，也不知道我是否用头脑思索像用手拿东西一样。我不但茫然于思想的根源，便是我动作的根源也同样看不见；我不知道我为什么存在；可是人家天天问我这些事，非回答不可；我没有什么值得一说的，但我说了很多，过后只觉得惶恐与惭愧。

"更糟的是人家问我婆罗门神是不是维兹努神生的，或者问我这两个神是否都是永生的①。皇天在上，我实在一无所知，我回答人家的话就可证明。人家问我：'啊，大法师，告诉我怎么罪恶会泛滥全世界的？'我和问的人心里一样难受。有时我回答说，人生已经十全十美了；但在战争中倾家荡产，变了残废的人不信这话，我也不信。我躲在家里，又好奇又无

———————————

① 印度旧教（即婆罗门教）奉婆罗门为无始无终之神，维兹努为保育之神。

知，苦闷不已。我看看古书，越看越糊涂。我和同道讨论：有的回答说应享受人生，不用管别人；有的自以为解事，发表一大堆荒谬的意见；这些都只有加增我的痛苦。以我毕生的研究，我还不知道自己是什么，从何处来，往何处去，将来变成什么；想到这点，有时我差不多绝望了。"

这个人的处境非常难过。他比谁都明理，老实。我觉得他越有智慧，越有感情，越是痛苦。

当天我遇到住在他贴邻的老婆子，问她有没有为了不知道她灵魂怎么形成而伤心。她根本不懂我的问话：婆罗门僧为之烦恼的许多问题，老婆子一辈子也没想过。她完全相信维兹努神的变化；只要恒河偶尔有些水给她洗个澡，她就自认为是世界上最快乐的女子。

我看了这可怜虫的幸福很惊奇，回去找我的哲学家，和他说："你大门旁边就有一个痴呆的老婆子，一无所思而活得很快乐，你倒反苦恼不已，不觉得惭愧

141

吗？"他答道："你的话不错；我就对自己说过几百遍，要是我跟这个邻居一样愚蠢，我就快乐了，可是我不要这样的幸福。"

婆罗门僧这句回答，比其余的话对我印象更深；我反省了一下，觉得我也不愿意为了求幸福而成为痴愚。

我把这一点告诉一般哲学家。他们都同意。我说："不过这想法有个极大的矛盾：我们究竟求什么？求幸福。聪明或愚蠢，有什么相干？再说，对自己的生活感到满足的人是确实满足的；理论家对自己的推理是否准确就不那么有把握了。那末明明是应当不要理性了，不管这理性给我们的祸害多么小。"大家赞成我的话，可是没有一个人为了求快乐而肯做傻瓜。由此我断定，我们固然重视幸福，但更重视理智。

可是想了一会，又觉得爱理智甚于爱幸福就是大大的不合理。这矛盾怎么解释呢？和一切别的矛盾一样没法解释。提到这个，可说的话就多了。

白与黑

在康达哈省内，大家都知道青年罗斯当的奇遇。他是当地一个弥查的独养儿子；弥查的意思等于我们所谓侯爵，或是德国人所谓男爵。老弥查颇有家财。小弥查已经和一位小姐——也就是和他身份相仿的一个女弥查订婚。双方的家属都欢迎这头亲事。大家指望罗斯当能安慰双亲，使妻子快乐，他自己也和她一同快乐。

不幸罗斯当在喀布尔庙会上见到克什米尔公主。喀布尔庙会的规模是世界上最大的，来的人远过于巴斯拉和阿斯特拉罕两处的庙会。现在我们先说一说克什米尔老王为什么带着女儿来赶集的。

他失落了宝库中两件最稀罕的东西：一件是大如拇指的钻石，刻着他女儿的肖像；精巧的雕工只有当时的印度人才有，以后就失传了。另外一件是可以随心所欲，百发百中的标枪；如今在我们国内不算希奇，但在当年的克什米尔却名贵得很。

一个御前的托钵僧偷了王上这两样宝贝，交给公主，说道："这两件东西与你命运有关，你得小心保存。"说完他走了，不知去向。克什米尔国王伤心透了，决意到喀布尔庙会上来看看，从世界各地来的商人中间可有人拿着他的钻石与武器。国王每次出门总带着女儿。女儿把钻石很紧密的藏在腰带中间；但标枪不能藏得这样妥当，便留在克什米尔，小心翼翼的锁在她的中国大保险箱内。

罗斯当和公主在喀布尔见了面；凭着青年的一片真诚和他们两国的人天生的热情，彼此爱上了。公主把钻石送给罗斯当，作为爱情的证物；罗斯当与公主分别的时候，答应私下到克什米尔去看她。

年轻的弥查有两个心腹，分掌秘书，马夫，总管和跟班的职使。一个叫黄玉，长得俊美，魁伟，像瑟卡喜女人一样白皙，像亚美尼亚人一样和顺，殷勤，像查拉图斯脱拉信徒一样谨慎。另外一个叫紫檀，是个挺好看的黑人，比黄玉会巴结，人也更灵巧，觉得样样事情都很容易。罗斯当把出门的计划告诉他们。黄玉竭力劝阻，态度就像一个不愿得罪主子的仆人，又热心，又婉转；他说出罗斯当所冒的危险："怎么可以使两家的人担忧呢；怎么可以把刀子扎入父母心中呢？"罗斯当动摇了；但紫檀把他所有的顾虑一扫而空，加强了他的决心。

年轻的弥查缺少盘川，不能做这样的长途旅行。谨慎的黄玉是不肯替他借钱的；紫檀却给他筹划好了。他很巧妙的拿了主人的钻石，叫人雕了一颗假的放在原处，把一颗真的向一个亚美尼亚人押了几千卢比。

弥查一有卢比，就万事齐备，可以动身了。行李让一只象驮着；人都上了马。黄玉对主人说："我曾经对您的计划大胆谏阻；但谏过以后应当服从；我是您的人，我喜欢您，您往天涯地角，我都跟着；可是我们在路上不妨求个签，神庙离这儿不过十多里。"罗斯当答应了。求得的签文是：若往东方，必至西方。罗斯当看了完全不解。黄玉断定不是好兆。紫檀始终迎合主人，要他相信签文非常吉利。

喀布尔还有一处求签的地方；他们去了。签文说的是：有者无；胜者败；罗斯当将非罗斯当。这一签似乎比上一签更难解了。黄玉说："得小心啊！"紫檀说："不用怕。"既然这仆人一味鼓动主人的情欲和希望，可知主人总是听信他的了。

出了喀布尔，走进一个大森林；大家坐在草地上预备用餐，马都放去吃草。正打算卸下象背上的餐具和食物，忽然发觉黄玉与紫檀不在队伍里了，他们便大声叫唤；林中只听见黄玉和紫檀两个名字。下人们到处寻找，一叠连声的叫着；可是影踪全无，也没有人回答。大家只得回来，报告罗斯当："我们只看见一只鸳和一只鹰打架，把鹰的毛都啄完了。"罗斯当听了奇怪，走到那地方；谁知既没有鹭，也没有鹰，却看见他的象，身上还满载行李，被一头犀牛攻击。一个用角猛攻，一个用鼻子抵抗。犀牛一见罗斯当就跑了。可是象才牵回，马匹又不见了。罗斯当叫道："啊！一出门，树林里怪事就多啦！"下人们愣住了；主人绝望了，他一下子丢了马匹，丢了他心爱的黑人，丢了明哲的黄玉；他对黄玉始终很有感情，虽然老是和他意见相左。

　　想到不久就有希望见到克什米尔公主，罗斯当心里安慰了些，不料又遇见一头浑身条纹的大驴子，被一个强壮而凶恶的乡下人拿棍子猛打。这是世界上最好看，最难得，跑路最轻快的一种驴子。它受了乡下人毒打，拼命往他身上撞，力气之大，可以把橡树都连根拔起。驴子长得这么可爱，年轻的弥查当然祖护它了。乡下人一边逃一边对驴子说："我不会放过你的。"驴子用驴子的语言谢了恩人，走近来让人抚摩，也跟人厮磨表示亲热。罗斯当吃过饭，骑上驴子，带着仆役上克什米尔；他们跟在后面，有的步行，有的骑在象上。

罗斯当才跨上驴背，驴子就不往克什米尔走而回头走向喀布尔。罗斯当拉着缰绳要它转身，抖动它的身子，用腿夹，用马刺踢，把缰绳松一下，紧一下，左一鞭，右一鞭，都没用；固执的牲口老是往喀布尔奔去。

罗斯当正在浑身大汗，手忙脚乱，又气又急的时候，碰到一个骆驼贩子，对他说："大爷，你的驴子刁猾得很，偏偏要带你到你不愿意去的地方；你要肯出让，我给你四匹骆驼，由你挑。"罗斯当感谢上天送他这样一注好买卖。他说："黄玉说我出门不利，真是胡扯。"他跨上一头最好看的骆驼，让其余三头跟着。他赶上大队，终于走上他的幸福之路。

才走了二十多里，罗斯当被一条又深又宽的急流阻住去路，水势猛烈，白沫从岩石中直泻下来。两岸是险恶的悬崖，叫人眼花缭乱，心惊胆战。没有办法过去，左右都无路可通。罗斯当说："我有点担心黄玉反对我旅行是对的，而我这回是不该出门的了。要是有他在身边，还能替我出些主意。要是紫檀在这儿，他就能安慰我，想出些办法来；可是两人都不在。"底下人的慌张使罗斯当愈加狼狈；夜深了，大家唉声叹气。疲劳跟失意终于把多情的游子催眠了。他天亮醒来，看到急流两岸有了一座宏丽的白石大桥。

惊叹声，诧异声，欢呼声，顿时闹成一片："怎么会的？莫非做梦吧？多神奇！多妙啊！咱们敢过去吗？"大队的人都跪下去，爬起来，走上桥，吻着地，望着天，伸着手，两脚哆嗦着踏下去，走过去，走回来，出神了。罗斯当叫道："这一回，上天可降福于我了：黄玉简直是胡说；签文原是吉利的，紫檀说得不错，可是他为什么不在这儿呢？"

人马才到了对岸，桥就坍下来沉在水里，声震天地。罗斯当叫道："好极了，好极了！谢谢上帝！谢谢上天！他不愿意我回本土去只做一个普通的乡绅，他要我和爱人结婚。将来我是克什米尔的国王；一朝得了情人，我就失掉康达哈省的小封地；一朝做了大国之君，我罗斯当也不再是罗斯当。签文大半已经证明对我有利，其余的将来也会同样的应验。我太幸福了。可是为什么紫檀不在我身边呢？我想念紫檀比想念黄玉不知超过多少倍。"

罗斯当兴高采烈的走了几十里。傍晚时分，一带崇山峻岭拦住了队伍的去路，把他们吓坏了：那些山比壕沟外面的护墙还要陡，比巴别塔还要高，假如这塔造成的话。

众人一齐喊着："原来上帝要我们死在这里；他毁掉桥，为的是断绝我们回去的希望；他立这座山，为的是不让我们向前。噢，罗斯当！噢，惹祸招殃的弥查！咱们永远见不到克什米尔，也永远回不到康达哈家乡了。"

最剧烈的痛苦和最难堪的失意，在罗斯当心中代替了早先的狂喜和用来陶醉自己的希望。他再也不想把签文的预言看做吉利了。"噢，天！噢，上帝！我的朋友黄玉怎么会不见的呢？"

他正在灰心绝望的仆人中间长吁短叹，说这些话，没想到山脚下忽然开裂，出现一条穹窿形的长廊，点着成千成万的火炬，照得人眼睛都花了。罗斯当嚷着；仆人们跪在地下，诧异得往后翻倒，一叠连声的叫奇迹，还说："罗斯当是维兹努神的宠儿，婆罗门神的爱徒；将来一定是世界之主。"罗斯当信以为真，兴奋若狂，被他们捧到了云端里。"啊！紫檀，亲爱的紫檀！你在哪儿呢？怎么不来瞧瞧这些奇迹？我怎么会把你丢了的呢？美丽的克什米尔公主，我什么时候能欣赏你迷人的风韵呢？"

罗斯当带着仆人，象，骆驼，在隧道中前进。隧道尽头是一片鲜花遍地，小溪环绕的草原；走完草原是几条林荫道，密林丛树，一望无际；走道尽头有一条河，河边的别庄不计其数，都附有美丽的花园。罗斯当到处听见唱歌与音乐的声音，看见人家跳舞。他急急忙忙从一座桥上过去，遇到人就问这个美丽的乡土是什么地方。

被他问到的人回答说："你是到了克什米尔省。你瞧，居民欢天喜地，都在那里作乐。美丽的公主要结婚了，我们为她举行庆祝。她的父亲把她许给巴巴布大人；但愿上帝赐他们永远幸福！"罗斯当听了这话，马上晕倒；克什米尔绅士以为他有癫痫病，叫人抬进房子；罗斯当直有半晌不醒。主人请了本乡两位最有本领的医生，按了脉；病人清醒了些，嗥了几声，眼睛骨碌碌的打转，不时叫着："黄玉啊黄玉！你的话果然不错！"

两个医生中的一个对克什米尔绅士说："听他口音，是个康达哈省的青年；这里的水土与他不合；我看他眼睛，他已经疯了。还是交给我，让我送他回乡，一定能把他治好。"另外一个医生断定他只是忧伤成疾，应该带他去参观公主的婚礼，叫他跳舞。他们诊断未毕，病人已经恢复精力；两个医生都被打发，只剩下罗斯当和他的主人。

罗斯当说道："大人，我在您面前晕倒，非常失礼，敬请原谅。为了感谢阁下盛意，我求您收下我的象。"他把所有的遭遇说了一遍，却不提旅行的目的。"可是，"他对主人道，"请你看在维兹努神和婆罗门神面上，告诉我那位有福气娶克什米尔公主的巴巴布是什么人，为什么公主的父亲挑他做女婿，为什么公主肯接受他做丈夫？"克什米尔人答道："大人，公主并没接受巴巴布；正是相反，全省的人都在高高兴兴的庆祝她的婚礼，她却哭哭啼啼，躲在宫中一座塔里；为她安排的节目，她一个都不愿意看。"罗斯当听着，觉得自己又活过来了；为了痛苦而消退的血色，又在脸上出现了。他说："请您告诉我，为什么克什米尔国王执意要女儿嫁给一个她不愿意嫁的人？"

"事情是这样的，"克什米尔人回答。"你可知道，我们尊严的国王丢了他最喜爱的一颗钻石和一支标枪吗？"罗斯当说："我知道。"主人说："那末告诉你，国王在世界各处寻访多时，得不到两件宝物的消息；他急坏了，宣布不管是谁，只要能把两件宝贝送回一件，就把公主嫁给他。结果来了一位叫做巴巴布的绅士，带着一颗钻石，所以他明天就要和公主成婚。"

罗斯当脸色惨白，结结巴巴说了句道谢的话，辞别主人，跨上单峰骆驼，赶往举行婚礼的京城。他到王宫去，说有要事报告，求见国王。门上回答说国王忙着筹备婚礼。罗斯当说："我就为这件事来的。"他一再催促，居然被引见了。他说："殿下，但愿上帝赐您荣耀终身，显赫一世！不过殿下的女婿是个骗子。"

"怎么是骗子？你好大胆子，对克什米尔国王居然敢用这种口气说他选中的驸马！"

罗斯当答道："不错的，是骗子；为了向殿下证明，我把殿下的钻石带来了。"

国王大吃一惊，拿两颗钻石比了一比，但他是外行，说不出哪一颗是真的。他道："钻石有了两颗，女儿只有一个；我可是为难啦！"他把巴巴布召来，问他是否欺骗。巴巴布指天誓日，说他的钻石是向一个亚美尼亚人买的；罗斯当不肯说出他的一颗是谁给的，但是提出一个办法：要求国王准许他跟对方当场比武。他说："要做驸马，仅仅拿出一颗钻石是不够的，还得证明他的武勇。让杀死对方的人和公主结婚，不知殿下以为如何？"国王答道："好极了；宫中也可热闹一番。你们俩赶快比吧；照克什米尔的规矩，得胜的人可以拿打败的人的盔甲穿在自己身上；并且我让他和公主结婚。"

两个候选人立刻步下庭中。楼梯上有一只喜鹊，一只乌鸦。乌鸦叫道："你们打吧，打吧。"喜鹊叫道："你们别打呀，别打呀。"国王听着笑了。两个选手不大在意。他们开始搏斗；所有的朝臣在四周团团围着。公主始终躲在塔内，不愿意出来观看；她万万想不到她的情人到了克什米尔，她只痛恨巴巴布，什么都不要看。搏斗非常精彩；突然之间巴巴布被杀死了。群众十分高兴；因为巴巴布长得丑，罗斯当长得美；群众的好感差不多老是这样决定的。

得胜的罗斯当把巴巴布的锁子甲，披肩，头盔，披戴在自己身上，在号角声中走到情人窗下，宫里的人都跟在他后面。大家喊着："美丽的公主，快来看你的漂亮丈夫，他把他难看的情敌杀死了。"公主的女侍也这样嚷着。不幸公主在窗口探了探头，一见她厌恶的男人的盔甲，气愤交加，马上拿出中国保险箱内那支该死的标枪，射进战袍的隙缝，刺中了她心爱的罗斯当。他大叫一声，公主听了，才认出是她情人的声音。

她披头散发的奔下来，面如死灰，悲痛欲绝。罗斯当血淋淋的倒在她父亲怀里。公主一看，果然是他。噢！那个时候！那个景象！还有那一认之下的那种无法形容的痛苦，柔情，恐怖！她扑在罗斯当身上，把他拥抱着说道："这是你的情人和凶手给你的第一个吻，也是最后一个亲吻。"她从罗斯当的伤口中拔出枪尖，刺入自己的心窝，当场死在心爱的情人身上。父亲吓得魂不附体，恨不得像女儿一样的死掉；他想救活她，可是没有，她已经死了。国王咒骂那支不祥的标枪，把它折成几段；两颗不吉的钻石也给扔了。大家把公主的喜事改办丧事；国王叫人把鲜血淋漓而还没断气的罗斯当抬进宫去。

罗斯当被放在一张床上。在这张临终的寝床旁边，他第一眼就看到黄玉和紫檀。因为惊奇，他倒有了些力气；他说："啊！你们两个狠心的东西！为什么把我丢下呢？要是你们留在不幸的罗斯当身边，也许公主不会死了。"黄玉道："我一刻都没离开你。"紫檀道："我一向在你身边。"罗斯当声音有气无力的说道："唉！你们说什么？我快死了，干么还欺侮我呢？"黄玉道："是真的啊；你知道我一向不赞成你的旅行，悲惨的结果我是早料到的。我就是那只跟鹫搏斗的鹰，把毛都掉完了；我就是那只象，带着你的行李走开，想强迫你回转家乡；是我叫你的马迷路的，是我变做一头浑身条纹的驴子，逆着你的意思想带你回父亲家去的；我造成急流，使你过不去；我又堆起高山，阻止你走上如此险恶的路；我是说你家乡的水土对你是更好的医生；我是对你嚷着，叫你不要格斗的喜鹊。"紫檀道："我吗，我是啄去老鹰羽毛的鸳，我是用角攻击象的犀牛，我是鞭打驴子的乡下人，我是给你骆驼，使你幸福的商贩；我造了那座你走过的桥；我掘了那条你穿过的隧道；我是鼓励你向前进发的医生；我是叫你格斗的乌鸦。"

黄玉道："唉！你该记得签文：若往东方，必至西方。"紫檀道："对啊，这儿埋葬死人是把脸向着西方的；签文很明白，你怎么不解呢？有者无，因为你有的是钻石，但是假的，而你完全不知道。你得胜了，可是你要死了；你是罗斯当，可是你就要离开人世；每句话都应验了。"

他这么说着，黄玉长出四个白翅膀盖住了身子；四个黑翅膀盖住了紫檀的身子。罗斯当叫道："怎么回事啊？"黄玉和紫檀一齐回答："我们是你两个随身的神道。"不幸的罗斯当道："哎，先生们，你们管什么的，一个可怜的人为什么要有两个神道？"黄玉道："这是规矩如此，每个人都有两个神；最早是柏拉图说的，以后别人也说过：可见是千真万确的了。我是你的善神，职司是守护到你生命的最后一刻；我已经很忠实的尽了我的责任。"快死的罗斯当说道："如果你的职司是保卫我，足见我的身份比你高得多；可是你让我做一件事吃一次亏，还让我和情人死得这么惨，怎么你还敢说是我的善神呢？"黄玉道："唉！那是你命该如此。"快死的罗斯当道："既然一切都操在命运手里，还要善神干什么？而你，紫檀，看你四个黑翅膀，你准是我的恶煞了？"紫檀回答："一点不错。"——"那末你也是我公主的恶煞了？"——"不，她有她的恶煞；我尽量帮了她的忙。"——"啊，可恶的紫檀，既然你这般凶恶，大概你跟黄玉不是属于一个主人的了？你们俩是两个来源，一个是善的，一个天生是恶的，是不是？"紫檀道："不能这样说，这是一个很难解释的问题。"

161

垂死的人说："造善神的不可能同时造出一个这样的恶煞。"紫檀答道："可能也罢，不可能也罢，事情就像我告诉你的。"黄玉道："唉，可怜的朋友，你不看见这坏东西还在捣鬼，跟你争辩，惹动你肝火，要你快死吗？"伤心的罗斯当回答："去你的罢，我对你并不比对他更满意；他至少承认要害我；你自称要保护我，却对我一无用处。"善神道："我觉得很难过。"垂死的人说："我也很难过；其中真有点儿事叫我弄不明白。""我也不明白，"可怜的善神说。"等会儿我可以知道了，"罗斯当说。"还不一定呢，"黄玉回答。于是一切都不见了。罗斯当仍旧在父亲家里，根本没有出过门；他躺在床上，才不过睡了一个钟点。

他浑身大汗，失魂落魄的惊醒过来，用手四下里摸着，叫着，嚷着，按了铃。贴身当差黄玉戴着睡帽，打着呵欠赶来。罗斯当叫道："我是死了还是活着？美丽的克什米尔公主有没有逃出性命？……"黄玉冷冷的答道："大爷莫非做梦吧？"

"啊！"罗斯当嚷道，"那狠心的紫檀，长着四个黑翅膀，他怎么啦？就是他害我死得这么惨的。"——"大爷，我下来的时候，他还在打鼾；要不要叫他来？"——"混账东西！他折磨了我整整六个月；带我上该死的喀布尔庙会的是他；偷公主给我的钻石的也是他；我的旅行，我的公主的死，我年纪轻轻中了标枪送命，都是他一手造成的。"

黄玉道："您放心；您从来没有到喀布尔去；也没有什么克什米尔公主；她的父亲只生两个儿子，都在学校念书。您从来不曾有过钻石；公主也不会死，因为她没有生下来，而您也是身体挺好的。"

"怎么！我躺在克什米尔国王床上，你在旁送终，难道没有这回事吗？你不是告诉我，为了免得我受那么多灾难，你先后变做老鹰，象，驴子，医生和喜鹊吗？"——"大爷，这都是您做梦。我们对自己的思想，睡着不比醒着更做得了主。上帝要这些念头打你脑子里过，准是给你一些教训，让你得益的。"

罗斯当回答："你这是取笑我了；我睡了多久啦？"——"大爷只睡了一个钟点。"——"哎！你这不是胡扯吗！一个钟点之内，怎么我能在六个月以前上喀布尔庙会，从那儿回来，出门往克什米尔？我，巴巴布，克什米尔公主，又怎么能一齐死掉？"——"大爷，这有什么难，有什么希奇？哪怕时间再短些，您照样能环绕地球一周，碰到更多的奇事。您不是能在一小时之内，把查拉图斯脱拉写的《波斯史》念完它的纲要吗？那纲要就包括八十万年。那些史迹在一小时之内一件一件在您面前搬演；而您也会承认，把这些事挤在一小时之内也好，拉长为八十万年也好，在婆罗门神是同样的容易。那根本没有分别。您不妨想象时间在一个直径无穷大的轮子上转动。在这巨大无边的轮子底下，还有无数的轮子，一个套一个；中心的轮子小得看不见；大轮子转动一次，中心的小轮子不知要转动多少次。显而易见，从开天辟地到世界末日的全部事情，尽可在不到一秒的十万分之一的时间之内陆续发生；可以说天下的事就是这样的。"

罗斯当道："你的话，我一点都不懂。"黄玉道："我有只鹦鹉，它能够使你很容易的明白这个道理。它生在洪水以前，坐过挪亚的方舟，见的事很多；但年龄只有一岁半。它可以把它很有趣的故事讲给你听。"

罗斯当道："快快把你的鹦鹉找来；趁我还没睡着，让我消遣一下。"黄玉道："鹦鹉在我当女修士的姊姊那里；我去拿来，包您满意。它的记忆很真实，故事讲得很朴素，决不随便卖弄才情，咬文嚼字。"罗斯当道："好极了，我就是喜欢这样的故事。"黄玉把鹦鹉带来了，鹦鹉便说出下面一番话。

〔附注〕凯塞琳·华台小姐，在她亡故的堂兄——这篇小说的作者——安多纳·华台的文件夹中，始终找不到鹦鹉的故事。以鹦鹉生存的时间来说，那是非常可惜的。

耶诺与高兰

奥凡涅省的伊索阿城是以它的学校和锅子闻名世界的。城中有好几个信实可靠的人都看见过耶诺与高兰在学校里念书。耶诺是个很有名的骡子商的儿子；高兰的父亲是个老实的庄稼人，在附近乡下靠着四头骡子种田；他把田赋，附加田赋，间接税，盐税，二厘捐，人头税，二厘收入附加税，一齐付清之后，到年终并不怎么富有了。

　　以奥凡涅人而论，耶诺与高兰是长得很美的。两人挺要好，颇有些亲密的与温存的小举动，以后在社会上重新见面的时候，回想起来是很愉快的。

　　他们的学业快要完了，一个裁缝给耶诺送来一套三色丝绒衣服，一件式样大方的丝织品外套，还附一封给特·拉·耶诺蒂埃先生的信。高兰看了衣服很赞赏，并不嫉妒；耶诺却神气俨然，使高兰很难过。从此耶诺不再用功，只管照着镜子，瞧不起所有的人。

过了一些时候，一个当差坐着驿车，又送一封信给特·拉·耶诺蒂埃侯爵；那是他令尊大人的手训，要儿子上巴黎去。耶诺坐上包车，堆着一付高傲的笑容，伸手给高兰。高兰觉得自己一文不值，哭了。耶诺耀武扬威，前呼后拥的走了。

读者若要知道底细，不妨听我解释：耶诺的令尊大人在生意上很快的攒了一笔钱。你们一定要问偌大财产怎么得来的。那是因为他运气好。耶诺先生长得一表人才，他太太也是的，而且皮肤还娇嫩。他们俩为了一桩官司到巴黎去，损失不赀；不料那个随心所欲把人拉上推下的命运，让他们见到了一位太太。太太的丈夫承包军医院的生意，才能出众，可以夸口说一句，一年之中由他送命的士兵比十年中大炮轰死的还要多。耶诺得了那位太太的欢心，耶诺女人得了那位先生的欢心。不久耶诺在承包的生意上搭了股份，又经营其他的买卖。一朝遇到顺水，只消听其自然；你轻而易举就能挣起一份很大的家私。穷光蛋在岸上看着你一帆风顺，奇怪得睁大了眼睛；他们不懂你怎么成功的，只会莫名其妙的嫉妒，写几本你不会看的小册子攻击你。耶诺父亲的遭遇就是这么回事。他不久成为特·拉·耶诺蒂埃先生，半年之后买进一个侯爵的封地，便把他的公子小爵爷接出学校，要他在巴黎的上流社会中出头露面。

高兰始终很多情，给老同学写了封祝贺的信，说是专诚向他道喜。小侯爵没有答复。高兰伤心得不得了。

父亲母亲先给年轻的侯爵请了一位教师，教师气宇轩昂，一窍不通，什么都不会教。侯爵要儿子学拉丁文，侯爵夫人反对。他们请一位作家做评判，邀他吃饭；他在当时是以作品轻松可喜出名的。主人开言道："先生，你懂得拉丁文，又是个出入宫廷的人……"那才子回答："什么，先生？我懂拉丁文？我一字不识，结果倒反更好：不为外国文分心，自然本国话讲得更高明。你瞧所有咱们的女太太，她们的才情比男人的可爱，写的信也风趣百倍；她们在这方面胜过我们，就因为她们不懂拉丁文。"

耶诺太太道："你瞧，我可没有说错吧？我要儿子做一个才子，在交际场中出人头地；他要懂了拉丁文，不就完啦？请问喜剧歌剧可是用拉丁文上演的？打官司可是用拉丁文辩护的？谈情说爱用拉丁文吗？"爵爷被这些理由唬住了，便同意太太的断语，决定不让小爵爷浪费光阴去念什么西塞罗，荷拉斯，维吉尔。那末他学什么呢？总得知道些东西才好啊；可不可以教他一点地理呢？教师回答："那有什么用？将来爵爷到封地上去，难道马夫不认得路吗？他们不会让他迷路的。一个人出门，用不到带四分仪；不知道经纬度，你照样能够很方便的从巴黎到奥凡涅。"

父亲道："一点不错；可是听说有一门奇妙的学问，叫做什么天文学。"教师抢着说："哎哟！那才笑话呢！我们立身处世可是依靠星球的？难道要小爵爷累坏身子去计算日蚀吗？那只要打开历本一翻就得了；除此以外，历本还能告诉他流动节日①，告诉他月球的年龄和欧洲所有的公主的年龄。"

夫人完全赞成教师的意见。小爵爷快活极了；父亲却踌躇不决，说道："那末我儿子学些什么好呢？"请来指导的朋友说："最要紧是讨人喜欢；懂得了讨好的诀窍，就一通百通；这本领，他可以向他令堂大人学，而且先生学生都不用费一点儿力气。"

夫人听了这话，把那殷勤的草包拥抱了，说道："先生，你真是一个最博学的交际大家；小儿的全部教育都亏了你。不过我觉得他知道点儿历史也不坏。"客人回答："唉！太太，那有什么用呢？有趣而有用的，只限于时下的新闻。一切古代史，就像我们的一些才子说的，不过是大家心照不宣的谎话；至于近代史，那是一篇糊涂账，谁也弄不清。查里曼大帝封了

---

① 基督教的复活节是不定期的，凡以复活节为准的其他宗教节日，均称为流动节日。

法国十二诸侯，他的继承人是个口吃的人等等，跟令郎有什么相干？"

教师嚷道："这话说得再好没有！大家把一大堆无用的学问阻塞儿童的聪明；但是在我看来，一切学科中最荒谬而最容易摧残天才的，是几何学。这门可笑的科学研究面积，研究线，研究点，都是自然界中没有的东西。我们要在脑子里想象成千成万条曲线穿过一个圆周，同时穿过一条与圆周相交的直线；事实上，那圆周连一根草都穿不过。所以几何学只是一种恶作剧。"

先生和太太听着教师的话不甚了了，但完全同意。

教师又道："一个像侯爵这样的贵人，不该为了这些空洞无用的学问用枯心血。有朝一日，他需要一个高明的几何学家替他画一张地产的图样，只要花点钱叫人测量。若要弄清楚他年代久远的家谱，他只消找一个本多会修士。一切艺术都可以这样解决。一个生来有福的青年爵爷不是画家，不是音乐家，不是建筑师，不是雕塑家；他只用他的财富来提倡这些艺术，使它们发扬光大。提倡艺术当然比自己动手好；小爵爷只要能鉴别；工作自有艺术家替他做。大家说得一点不错，贵人（我的意思是指有钱的人）无须学习而无所不知；因为你出了钱叫人做这样做那样，久而久之对那些东西自然能鉴别。"

那殷勤的草包接着说："太太，你刚才说得很对，人生最大的目的无非要在社会上得意。老实说，一个人得意可是靠学问的？交际场中，谁谈论几何学？谁会向一个上流人物打听，今天哪颗星和太阳同时升起？在饭桌上可有人问到长发格劳第翁有没有度过莱茵河①？"——"当然不会，"特·拉·耶诺蒂埃侯爵夫人高声回答；她靠她的姿色曾经在交际场中露过几次面。"我家公子绝不能研究这些乱七八糟的东西，把他的天才熄灭了。可是我们究竟教他什么呢？因为一个年轻的爵爷，像我丈夫说的，有时能显显才学总是

---

① 格劳第翁为五世纪时法朗克族一个部落的领袖，外号"长发"。

好的。记得一个神甫说过，最有意思的学问是……名字我忘了，只记得是 B 字打头的。"——"B 字打头吗，太太？是不是植物学？"——"他说的不是植物学，开头是个 B，结尾是 ON。"——"啊！我知道了，太太；是徽章学；的确那是一门很高深的科学；但自从车门上不漆爵徽以后，徽章学已经不时行了；在一个上轨道的国家，那是最有用不过的知识。并且那学科将来是研究不完的；今日之下，没有一个理发匠没有徽章；而你知道，凡是变成通俗的东西就没人看重。"最后，把各种学问的长处短处仔细较量过了，决定让侯爵学跳舞。

无所不能的造化给小爵爷生就一付本领，发展之下，不久便成绩斐然：他能够把通俗戏剧唱得很动听。大家看他年少风流，又加上这了不起的天赋，认为他前程远大。女人都喜欢他。他满脑子都是流行小调，为情妇们编了几支。他东抄西袭：几出通俗戏里的小调，什么酒神与爱神，什么日与夜，什么迷人的风韵与惊恐，都被他偷过来了；但总有几句歌辞的韵押得不稳，只能每支花二十金路易请人修改。《文学年鉴》上登了他的名字，和拉·发尔，旭里欧，汉弥尔登，萨拉查，伏阿丢等等排在一起。

于是侯爵夫人自以为大才子的母亲，请巴黎一般大才子吃饭。年轻爵爷的头脑不久给搅糊涂了：他学会了一套胡诌的本领，越来越一无所用。父亲看他能言善辩，深悔没有教他学拉丁文，不能替他买一个大法官的缺。母亲志趣更高尚，想给儿子谋一个带领师团的职位。儿子一边候缺一边谈情说爱。爱情的代价有时比一个师团还要贵。小爵爷花了很多钱，但他父母更是尽量挥霍，排场跟王爷一样。

他们有个邻居是个有身份的寡妇，家道平常；为了替特·拉·耶诺蒂埃先生太太保住偌大财产，想嫁给小侯爵，把产业拿过来。她把小爵爷引到家里，让他爱着，自己也表示并不冷淡，慢慢的操纵他，让他入迷，毫不费事的把他收伏了。她对小爵爷有时恭维，有时劝告；跟他的父母成为最知己的朋友。一个邻居的老婆子出面做媒；父母震于这门亲事的光辉，欢天喜地的答应了；他们把独养儿子给了他们的好朋友。年轻的侯爵要娶一个他心爱而也爱他的女子了；家里的朋友们向他道贺，大家忙着起草婚书的条款，预备祝贺的诗歌和结婚的礼服。

由于相敬相爱和友好的感情，小爵爷快要娶上一个可爱的妻子了。有一天，他拜倒在未婚妻脚下；在又温柔又兴奋的谈话中，两人享受着幸福的第一批果实，为将来的美满生活做种种打算，不料母亲大人的跟班慌慌张张赶来，说道："不好了，衙门里的公差把老爷太太的屋子搬空了；债主把什么都拿走了，还说要逮捕人呢；我得多多费点心，免得工钱落空。"侯爵说："喂，什么事？这算哪一门呀？"寡妇道："对啦，你得治治那些流氓，赶快去吧。"他奔回去，到了家里，父亲已经下狱：用人都四散奔逃，尽量把屋里的东西拿走。只有母亲一人在家，没有人帮助，没有人安慰，哭得死去活来；她一无所有了，只剩下一些回忆，关于过去的财富，美貌，过失和挥霍的回忆。

儿子陪着母亲哭了半日，说道："咱们别灰心；那青年寡妇一片痴心的爱着我；她量气比财产还大，我敢担保。我马上赶去，带她来看你。"他回到情人家，看见情人陪着一个挺可爱的青年军官促膝谈心。——"怎么，是你，特·拉·耶诺蒂埃先生？你来干什么？怎么可以这样的丢下母亲呢？快点去陪那可怜的女人；告诉她，我对她始终怀着好意：我要雇一个老妈子，我尽先雇她就是了。"军官道："小伙子，我看你长得还不差；要是愿意进我部队，包你待遇很好。"

侯爵大吃一惊，气愤交加，去找他以前的教师，向他诉苦，要他出个主意。他劝侯爵跟他一样教小孩子。"唉！我一无所知，你什么都没教我，你就是我倒楣的祸根。"侯爵说着，嚎啕大哭。在场有位才子，对他说："你还是写小说吧；在巴黎，这是一条很好的出路。"

青年灰心透了，跑去见他母亲的忏悔师：那是个极有声望的丹阿德会修士，只指导一般最有地位的妇女的。他一见小爵爷，立刻迎上来，说道："哎，我的上帝！你的车在哪儿，侯爵？令堂大人可好？"可怜虫说出家中的祸事；丹阿德会修士一边听，一边脸色变了，越来越正经，越冷淡，越威严："孩子，这是上帝的意思，财富只能败坏人心。上帝真的赐福于你母亲，叫她一贫如洗了吗？"——"是的，先生。"——"那再好没有；她的灵魂一定得救了。"——"可是神甫，眼前我们还得活着，难道没有办法得到一些帮助吗？"——"再见，孩子，宫里有位太太等着我呢。"

侯爵几乎晕过去；所有的朋友对他都差不多一样。他半天工夫懂得的人情世故，比一辈子懂的还要多。

他正垂头丧气，忽然看见来了一辆古式的车子，好似有顶的货车，挂着皮幕，后面跟着四辆装得满满的大车。前面的车上有个穿着粗布衣服的青年，圆圆的脸蛋，血色很好，神气又和善又快活；他的小媳妇儿长着棕色头发，虽然粗俗，却也讨人喜欢；她身子摇来晃去的坐在丈夫旁边。这种车不像漂亮哥儿的车走得快，坐车的人尽有时间打量那个呆着不动，苦恼万分的侯爵。"哎！天哪！"车中的人叫起来，"这不是耶诺吗？"侯爵听见叫他名字，抬起头来；车也停下了。"是耶诺，是耶诺。"那小家伙说着，跳下车厢，奔过来拥抱他的老同学。耶诺认得是高兰，不禁满脸羞惭，掉下泪来。高兰说道："啊，你把我丢了；不过尽管你是王孙公子，我还是喜欢你的。"耶诺又惭愧又感动，哭着把经过情形说了一些。高兰道："其余的话，到我客店去说；先来见见我的女人；咱们一起吃饭罢。"

他们三个一路走着，行李跟在后面。——"这一大堆是什么东西？是你的吗？"——"是的，是我跟我女人的。我们从本乡来。我开着一家铜铁厂。我岳父是个有钱的商人，他的买卖是大家小户都需要的日用器具；我们工作很忙。一切都靠上帝照应。我们没有改变身份，觉得很快活；我们可以帮助我们的朋友耶诺。你别再当什么侯爵了；世界上所有的荣华富贵不如一个好朋友。跟我回乡，我来教你做买卖，也不怎么难；你可以搭股份，让咱们在出生的地面上快快活活的过一辈子罢。"

耶诺兴奋得不得了，觉得悲痛和快乐，惭愧和温情，把他的心分做了两半。他轻轻的自言自语，说道："所有的漂亮朋友都不认我了，只有我瞧不起的高兰一个人来帮助我。这教训可了不得！"看了高兰为人厚道，耶诺天性中还没有被社会摧残掉的善良的根苗，也跟着生长起来。他觉得不能丢下父母不管。高兰道："我们一定照顾你母亲；至于你那位坐监的老子，我也懂得些生意上的门道；债主们看他一无所有，只要能收回一点就肯了结的；一切都交给我罢。"高兰想尽办法，把耶诺的父亲救出了监狱。耶诺跟着父母回乡。父母重操旧业。耶诺娶了高兰的一个妹妹，她和她的哥哥性情一样，使丈夫日子过得很快活。而耶诺的父亲，母亲，和耶诺本人，也都看清了虚荣并不能使人幸福。

图书在版编目(CIP)数据

天真汉/(法)伏尔泰(Voltaire)著;傅雷译.
—上海：上海译文出版社,2017.8 (2023.4 重印)
(伏尔泰作品集)
ISBN 978-7-5327-7542-2

Ⅰ.①天… Ⅱ.①伏… ②傅… Ⅲ.①中篇小说一法
国一近代 Ⅳ.①I565.44

中国版本图书馆 CIP 数据核字(2017)第 153158 号

Voltaire
Ingénu

本书根据 Editions Fernand Roches 1930 年版译出

天真汉	Voltaire	出版统筹 赵武平
Ingénu	伏尔泰 著	责任编辑 李月敏
	傅 雷 译	装帧设计 尚燕平

上海译文出版社有限公司出版、发行
网址：www.yiwen.com.cn
201101　上海市闵行区号景路159弄B座
上海盛通时代印刷有限公司印刷

开本 850×1168　1/32　印张 6　插页 4　字数 54,000
2017 年 8 月第 1 版　2023 年 4 月第 2 次印刷

ISBN 978-7-5327-7542-2/I·4613
定价：45.00 元